新潮文庫

神隠し

藤沢周平著

新潮社版

3065

目次

神隠し

拐《かどわか》し

一

辰平が、長い濡縁《ぬれえん》の角を曲がると、眼の前に男が立っていた。

「持ってきたか」

と男は言った。髭《ひげ》の剃《そ》りあとが青あおとして苦み走った男ぶりである。拐しをするような人間にはみえない。身体《からだ》つきもがっしりした長身で、職人にしたら一人前以上の働きはありそうにみえる。だがこの男が娘のお高《たか》を拐し、辰平から小金を捲きあげている、怠け者の無頼漢なのだ。名前は又次郎という。

「へ」

と言って、辰平は懐をさぐると、紙に包んだ金を渡した。中味は一分銀二つである。五日に一度、辰平はこの男に会って金を渡し、娘の消息を聞く。辰平は弟子というものもなく、たった一人で簪《かんざし》を作っている錺師《かざりし》だが、その金を作るのに必死になっていた。男には、これで二両払った勘定になる。

「ふん、よし」

又次郎はじろりと辰平をみると、無造作に紙包みを懐にしまい、それからひどく事務的な口調で言った。

「娘は、まだ時どき泣くが、前よりは落ちついているようだ。飯もちゃんと喰うようになったから安心しな。それから昨日から家の中の掃除をはじめた。よほど落ちついてきたらしいや」

辰平は、又次郎が言うことを、むさぼるように耳を傾けて聞く。それから深い溜息《ためいき》をついた。

「まだ、泣きますか」

「女だからな。日が暮れる時分に、めそめそ泣き出したりしやがる。だが心配しなくていいぜ。べつに俺は、だからといって叩いたりはしない。預かり物は大事にするのが、むかしからの俺のやり方だ」

「本当でしょうな」

辰平は、寝不足の赤い眼を光らせた。簪を仕上げるために、ゆうべは遅くまで夜なべをしている。

「娘を傷ものにしたり、乱暴をしたりすれば、私にも覚悟があります」

「おいおい。こわいことは言いっこなしだ」

又次郎は白い歯をみせて笑った。

「そんな心配はいらねえって言ったろ。俺は助平でも、乱暴者でもねえ。そういうやり方は俺の好みじゃねえのよ。虫ずが走る」

「はい」

「ただし後を跟《つ》けたり、岡っ引に届けたりしたら、殺す。こいつは前に言ったとおりだ」

「…………」

「ま、せっせと稼《かせ》いでくんな、とっつぁん」

又次郎は、そういうと背を向けた。辰平は、長身の背に追い縋《すが》った。

「いつ、帰してもらえるんです？」

「なにを、だ？」

「娘ですよ。いつまで、こんなことを続けますんで」

「もう少しだ」

又次郎は、ふり返りもせずに、すたすたと門の方に遠ざかった。拝殿とその前の茶店のあたりに、十人足らずの参詣人《さんけいにん》の姿がみえた。隣の八幡宮《はちまんぐう》のにぎわいにくらべて、三十三間堂《さんじゅうさんげんどう》の境内はひっそりしている。

又次郎の姿が、門を潜《くぐ》って消えると、辰平はまた深い溜息をついて、門にむかった。三十三間堂の広大な屋根が、茶店から門の上まで濃い影を落としている。お高が泣くという日暮れがやってきたのだ。そう思うと、辰平の胸は大きな力でしめつけられるように痛んだ。

――なんで、こんなことになったのだ。

辰平は、眼を落とし、引きずるような足どりで門をくぐった。門を出たところで、左右を見渡したが、むろん又次郎の姿は見えなかった。

お高が攫《さら》われたのは、先月十五日の富岡《とみおか》八幡の祭礼の日だった。お高は近所の豆腐屋の娘で、同い年の十七になるお美代《みよ》と一緒に、祭りを見に行った。だが、日が暮れても戻らないので、辰平は心配になって豆腐屋に行ってみた。するとお美代はもう戻っていて、はじめてお高の身に悪いことが起きたことがわかったのである。

お高とお美代は、本所《ほんじょ》一ノ橋の南御舟蔵前《おふなぐらまえ》にある御旅所《おたびしょ》まで、お神輿《みこし》について行ったのだが、ついたところで人混《ひとご》みに紛れて相手を見失ってしまったのだ、とお美代は言った。お美代は日が暮れる前に家に戻ったが、お高も帰ってきたものと思いこんでいたのであった。

辰平は狂気したように夜の町を走って、御旅所まで行ったが無駄だった。誰もお高を見たものはいなかったのである。しかしその祭りの日に、死んだり、怪我をしてどこかに引き取られたりした者もいなかった。深夜、茫然として辰平は家に戻った。

そして翌朝、男がやってきたのである。男は平気な顔で、お高を預かっていると言い、金を持ってくれば渡す、と言った。ただし岡っ引に告げたりすれば、お高の命はない、と男は当たり前のように言った。男が請求した金は二分だった。それぐらいならと、辰平は胸を撫《な》でおろす思いだった。辰平は、はやっている錺師ではない。

ことに五十を過ぎてからあちこち身体が痛んで、無理な稼ぎはしていなかったが、仕事は丁寧で、信用されていた。手元にはあいにく一分の金もなかったが、辰平は大急ぎで仕事を仕上げて金を持って行った。

だが男は、辰平が考えたよりも、たちの悪い人間だった。五日後にまた二分持ってくるように言われたとき、辰平は眼の前が暗くなったような感じをうけた。疫病神というものを、眼の前に見たように思った。髭をきれいに剃り、髪にも油をつけ、身ぎれいな男だったが、それは疫病神だった。辰平親娘《おやこ》にぴったりつきまとって、離れる気配がなかった。そのまま男に金を運ぶことだけを必死に考え続けて、二十日経っている。辰平は疲労困憊《こんぱい》していた。

二

店に帰ると、仕事場から若い男が立ってきて、辰平を迎えた。勝蔵だった。勝蔵は深川《ふかがわ》元町の同業甚七の弟子だが、一年ほどすると年季が明ける。年季が明けたらお高と一緒にして、お礼奉公は一色《いっしき》町の辰平の家から通わせる、という内うちの話がまとまっている。

「どうでした、おじさん」

と勝蔵は言った。

「よくねえ。ダニのような男だ」

と辰平は言って、力なく仕事場に腰をおろした。秋の日は傾いてから沈むまでが長く、すすけた障子にまだ赤らんだ日射しが残っている。

勝蔵は立って行くと、台所からお茶の道具を持ってきた。

「もう帰る頃だろうと思って、湯を沸かしておきました」

こういうことは、勝蔵は気が利く男である。お高と一緒になるということは、辰平の家の婿になるわけだが、勝蔵は婿にむいているのかも知れなかった。

「それで、奴は何と言いました」

「まだ金が欲しいとよ」

打ちひしがれたように、辰平は言った。勝蔵は、辰平にお茶をすすめながら、細面の利口そうな顔をこわばらせて、じっと辰平の顔をみつめている。

「それで？　お高ちゃんは大丈夫なんですか」

「生きちゃいるらしい。日が暮れるころになると、泣くってよ。かわいそうに」

辰平は眼をつぶった。すると閉じた眼から涙が溢《あふ》れた。

「おじさん」

勝蔵が思いつめたような声で呼んだ。

「やっぱり自身番にとどけましょう。これじゃいつまでたっても、きりのない話だ。ちきしょう、人をなめやがって」

「届けちゃだめだ、勝。そんなことしたら、お高が殺されちまうぞ」

「そんなのは威《おど》かしだよ、おじさん。そう言われておじさんがこわがっているのをいいことに、いつまでも金を絞り取ってるんだ、あいつは」

「…………」

「それに、金だってそんなに続く筈がないよ。いまのところは注文がたまっているから、せっせと仕事をすれば金は出来ると、おじさんはそう言ったけど、注文が切れたらどうするんですか」

「そのときは、家も売るさ。狭い家だが俺のものだ」

「そんなことを言ってちゃきりがないよ。それに、俺、こういうことは考えたくないのだが、お高ちゃんだって、いつまでも無事では済まないよ」

辰平は臆病そうな眼で、ちらりと勝蔵をみた。

「お高には手を出さないって、言ってたがな」

「わかるもんか。そんな男の言うことは」

勝蔵は低い声で言った。二人は不意に黙りこんだ。辰平は茶を啜《すす》った。

――勝蔵のいうとおりだ。あの男の言うことが本当だという証拠は、ありゃしねえ。

と辰平は思った。あんなことを言いながら、あの男は極め付きの助平かも知れなかった。また女など殴ることを、屁《へ》とも思わない人間かも知れなかった。そう思ってみると、きれいに髭をあたった、いやに小ざっぱりした男前が、ひどくいかがわしいものに思えてきた。だが、男の言うことが信用ならないものだったら、お高が生きていることだって信用ならないではないか、と思い、辰平はあわててその不吉な考えを振り捨てた。

「おじさん、今度会うのはいつですか？」

「え？」

辰平はぼんやり勝蔵の顔をみた。

「あの男に会う日ですよ」

「十一日さ。そうだ、こうしちゃいられねえ。また仕事にかからなきゃ」

「おじさん、おじさん」

と勝蔵は辰平の袖を押さえて坐らせた。

「その日に、俺、親方からひまをもらって、奴の後を跟けますよ。そいでお高ちゃんがいるところをつきとめます」

「駄目だ。そんなことをして、あの男に気づかれたらどうするんだ。あの男は嘘は言ってねえ。あいつは、俺がそうしたとわかったら、お高を殺すぞ」

「心配ないよ」

勝蔵は、辰平の怯《おび》えを消すように、こわばった笑いを浮かべた。

「あの又次郎という男は、俺の顔は知っちゃいないからな。わかるはずがないさ」

「………」

「おじさんは、俺に構わずに、いつものようにあいつに金を渡せばいいのさ。あとは俺にまかせておけばいい」

「………」

「お高ちゃんに会いたいんだろ、おじさん」

勝蔵はささやくように言った。勝蔵の眼は、日が落ちて仄暗《ほのぐら》くなった部屋の中で、鋭く光って辰平をみた。気圧されたように、辰平はうなずいた。

「まかせておけって、おじさん。俺がうまくやるよ。お高ちゃんは必ず取り返してやる」

「あぶないことを、するんじゃねえぜ」

辰平は、おどおどと言った。

勝蔵が帰ると、辰平はしばらく仕事場の薄闇の中に背を曲げて坐っていたが、やがて立って行燈《あんどん》に灯を入れると、仕事机の上に材料を並べはじめた。

お高がいるときなら、そろそろ飯どきだったが、腹は少しも空いていない。お高がいなくなってから、飯は喰ったり喰わなかったりで、暮らしにしまりがなくなっている。

——仕事をして、金を作らなくちゃ。

ただ追われるように、そう思って日を過ごしていた。いまも辰平は、尻の下で火を焚《た》かれるような、焦りを感じた。金を作れなきゃ、おしめえだ、と思った。

——どうして、こんなことになったのだ。

仕事机の上に、もう一本蠟燭《ろうそく》を立て、火にかざして材料を吟味しながら、辰平はまたそう思った。一日の間に、何度も浮かんでくる疑問だったが、答えはいっこうに出て来ない。

連れ合いのおくには、お高が三つのときに死んで、それこそ懐に抱きこむようにして育てた一人娘である。勝蔵という婿も決まり、これで安心だと思っていた矢先に、この災難である。悪夢としか思えなかった。

辰平は水洟《みずばな》をすすり上げ、小さく金槌《かなづち》の音を立てた。

三

男は、勝蔵にはまったく気づいていないようだった。

——どこまで行くつもりだろうか。

勝蔵は、男が入船町《いりふね》から島田町《しまだ》へ、さらに木場へと、掘割にかかる橋を幾つか渡って、東へ行くのを跟けながら思った。男は人通りが少ない方へ少ない方へと歩いて行く。だから遠くから跟けて行っても、見失うことはなかった。

男は木場に入ると、今度は北に向かった。いそぐ足どりではなかった。男は時どき立ち止まって、掘割に浮かぶ材木を眺めたり、人足小屋の前に立ち止まって、鳶口《とびぐち》を手にした人足ふうの男と、立ち話をしたりした。男は木場から扇町に渡ると、そこで長い立小便をした。つられて、勝蔵も葦《あし》にかくれて立小便をしたが、勝蔵が済んでも、男はまだ終わっていなかった。男が掘割にむかって小便をしている後ろ姿をみながら、勝蔵は後から突き落としてやりたいような怒りと、どこか情けないような気分に苛《さいな》まれながら待った。

男は小便を済ますと、仙台堀にかかる要《かなめ》橋を渡って吉永《よしなが》町に入った。そのあたりは中木場と呼ばれ、やはり人家も疎《まば》らな場所である。堆《うずたか》く積まれた材木の間に、丈高い雑草が、枯れて空に伸びている。男の姿が、今度は右に折れて隣の久永《ひさなが》町との境にある青梅《おうめ》橋の方にむかうのを、勝蔵は要橋の手前に蹲《うずくま》って見送った。男の姿は、河岸の枯葦の間を、見えたり隠れたりしながら、同じような足どりで橋にむかって行く。

漠然とした不安が、勝蔵を包んでいた。男が人のいないところ、いないところと自分を引っぱり回しているような気がしている。

だが、そんなはずはなかった。勝蔵は辰平と別々に三十三間堂の境内に入り、茶店で団子を喰べた。やがて辰平がきて、拝殿に手を合わせてから、通し矢の縁がある裏側の方に回って行ったのを見、間もなく一人の男がそちらから出て来たのを見た。辰平がくどいほど言ってきかせた、苦み走った男ぶりで、勝蔵は思わずかっとなったほどである。

勝蔵は真面目一点ばりの職人で、そこを見こまれて、狭いとはいえ表に店を構える辰平の家の婿におさまることが決まったが、男ぶりにはあまり自信がない。十人並み以上の器量をしたお高が、そういう自分に別に不服も言わず縁組みを承知したとき、勝蔵はのぼせ上がるほど嬉しかったのである。

お高を拐した男が、辰平の言いかた以上にいい男ぶりなのに、勝蔵は一瞬かっとなったが、男とは眼を合わせていない。そして跟けはじめてからも、男は一度も振り返っていないから、覚《さと》られたはずはなかった。

勝蔵は思い切って橋を渡った。そして渡り切った吉永町の河岸をみたとき、勝蔵は茫然とした。男の姿が消えている。日が落ちて、青白い薄暮の光が漂いはじめているが、まだ人の姿を見失うほど、暗くはない。

勝蔵は小走りに河岸を走った。左手の材木置場と右に続く枯葦の密集を交互に見ながら走り、青梅橋を渡った。そして久永町の一丁目と二丁目の角を曲がったとき、勝蔵は立ち止まった。胸のとどろきが、喉《のど》まで這《は》い上がってきたように感じた。男がすぐ前を歩いていたのである。

勝蔵が、足音をしのばせて、その後について行くと、不意に男が、

「だいぶ、あわてたじゃねえか」

と言った。前を向いたまま、男はそう言っていた。勝蔵はいきなり血が冷えたような感覚

に襲われた。道の左右には、四、五軒の人家が並んでいる。だが不思議に人を呼ぼうという気がしなかった。舌が凍ってしまっている。

　男が振り向いて、にやりと笑った。

「ついて来いよ」

　と男は言った。勝蔵はうなずいて、背を向けた男の後について歩いた。

突きあたったところが、広い材木置場だった。樹皮をつけたままの材木が、幾つも山になって積まれていて、中にふみこむとむせるほど濃厚な木の香がした。

「やろ！」

　振り返ると、男はすばやく膝《ひざ》で勝蔵の下腹を蹴《け》り、前に傾いた勝蔵の鼻柱を拳《こぶし》で打った。鼻《び》腔《こう》にいきなり血なまぐさい匂いが溢れ、勝蔵は口を開いた。その顔に、鋭い平手打ちが鳴り、勝蔵は鼻血を押さえて後ろによろめいた。

「誰に頼まれた？　おい、言いな」

　凶暴な攻撃を加えた男は、手を休めるとそう言った。

「………」

「はっきり言いな、何を言ってるのかわからねえ」

「なんのことか、わかりません」

「白ばくれるんじゃねえぜ。おめえ、岡っ引の手先か。それとも、錺屋の親爺《おやじ》に頼まれたか。どっちかだろ？」

「違います。それは見当違いです。私はそんなもんじゃありません。ただの通りすがりの者です」

「へ。ふざけたことを言うなって」

男は今度は勝蔵の腰を蹴った。強い蹴りで、勝蔵は腰ががくりと折れたような感じで、尻もちをついていた。

「おめえが跟けてきたのはわかっていたんだぜ。気がつかねえような甘ちゃんだと思ったか、やろ！」

もう一度蹴りにきた足を、勝蔵はつかまえてはね上げた。その動きで、勝蔵は自分でもひっくりかえったが、相手も地面に尻をついていた。二人の男は、同時に立ち上がって身構えた。

「悪党！」

勝蔵は、口の中に流れこんできた鼻血を、ぺっと地面に吐き出すと怒鳴った。やぶれかぶれな気分に支配されていた。

「誰に頼まれたんでもねえよ。お高ちゃんを返せ。この、人攫い野郎」

「ははあ」

男の顔に奇妙な笑いが浮かんだ。

「おめえ、勝蔵て言うんだな。お高の婿になるとかいう」

「それがどうした」

「気の毒したよ。おめえのような、ご立派な婿が決まっているとは知らなかったもんでな。そうかい」

男はうなずいた。

「それで取り返しに来たか。立派なもんだ。いいよ、取り返しな。ただし腕ずくでな」

勝蔵の方から先に、ぶつかって行った。二人の男は殴り合い、組み合って地面を転げ、長い争いの間に材木置場から道まで転げ出た。

だが、しまいに立ち上がったのは又次郎の方だった。最後の力まで使い果たして、勝蔵は地面に横たわっていた。頭から足の先まで、すき間もなく痛み、血管はいまにも破れるかと思うほどずきずきと身体を鳴らしていた。時どき頭がぼんやりかすんだ。

「あばよ」

不意に又次郎の顔が、頭の上に現われてそう言った。その足音を追って、勝蔵は首を回した。すると道の上に立って、こちらを見ている四、五人の人影がみえた。その背後の空に、赤く染まった雲が浮かんでいる。

勝蔵の眼は、その人影にとまったまま、動かなくなった。黙りこくって立っている人びとの中に、お高の白い顔が見えた。

「お高ちゃん」

勝蔵はそう叫んだつもりだったが、微《かす》かな呟《つぶや》きが唇を洩れただけだった。そして力を入れた腹のあたりから、激烈な痛みが頭まで駆け上がり、勝蔵の意識は不意にとぎれた。

四

「そんな馬鹿な話があるかい、勝」

と辰平は言った。

「そりゃお前、誰かを見間違えたりするもんか、おじさん」

「俺が、お高ちゃんを見間違えたりするもんか、おじさん」


勝蔵は天井を向いたまま、弱よわしく言った。勝蔵は、額や頰が紫いろに腫《は》れ上がって、まだ熱がありそうな赤い顔をしている。錺職甚七の家の、弟子たちが寝る二階の部屋だった。

辰平はゆうべ、一晩中勝蔵を待った。又次郎を跟けた首尾を聞きたかったのだが、とうとう勝蔵は姿を現わさなかった。辰平は今日、昼まで待ったが、しびれを切らして深川元町の甚七の家まできてみると、この有様だったのである。

「しかしそれがお高なら、おかしいじゃないか」

辰平はおろおろと言った。実際勝蔵が見た女がお高だったら、お高はどうして勝蔵と一緒に帰って来ないのだ。

「ちゃんと二本の足で立っていたんなら、あれはどうして家へ帰って来ないんだ?」

「俺にはわからねえ」

勝蔵は顔をそむけた。あそこで気を失ったのが不覚だった、と勝蔵は思っていた。抱き起こされ、正気を取り戻したときには、まわりにお高の姿は見えなかったのである。だが人の後ろから、覗《のぞ》きこむようにこちらをみていた女が、お高だったという確信は動かない。

「しかしひでえことをする」

辰平は傷ましそうに、勝蔵をみた。

「思ったとおり、乱暴な男だ。あいつ、おめえが後を跟けたりしたんで、お高を殺したりしめえな」

「それは、大丈夫だと思うよ」

勝蔵はつぶやくように言った。痛みに堪えながら勝蔵は、今朝から一心に考え続けたのである。見たのがお高なら、お高は縛られているわけでもなく、多分夕暮れに泣いているわけでもないのだ。そして、それでも帰って来ない理由はひとつしかない。お高は自分の意志で帰って来ないのだ。そうも思われた。

だがそれは、勝蔵の考え過ぎかも知れなかった。縛られていなくとも、お高は又次郎ではない、誰かほかの人間に監視されているのかも知れないのだ。

いろいろ考えると、勝蔵の頭は混乱して、何がどうだかわからなくなるのである。そしてお高は二度と戻ってくることはないかも知れない、という気もしてくるのであった。

「どうしたもんだろうな、勝」

辰平は、相変わらずおろおろと言った。

「ひとつわかっていることがあるんだ、おじさん」

と勝蔵は言った。

「お高ちゃんは、俺がやられたあのあたりに閉じこめられているに違いないんだ」

「お前のみたのが、確かにお高ならな」

「間違いないって。だからあのへんを聞いて回れば、お高ちゃんのいるところが見つかるかも知れないよ」

五

秋だというのに、また夏が帰ってきたかと思うような、暑い日だった。積み上げられた材木も、枯草が生いしげっている空地も乾ききって、その上に陽炎《かげろう》が揺れている。どこかで青物売りの触れ声が聞こえた。

辰平は立ちどまると、懐に呑んでいる鑿《のみ》を取り出し、包んでいる手拭いをほどいて顔と首筋の汗をぬぐった。汗を拭きおわると、辰平はまた、丁寧に鑿を包みなおして、懐にしまった。

町は広い原っぱだった。そこに家が散在していた。塀《へい》をめぐらしたお屋敷ふうの家があり、広い間口を開け放したままにしている材木屋があり、そうかと思うと、傾いた人夫小屋のような家もあり、ぴったりと戸を閉めたしもた屋ふうの家があった。

一軒の材木屋の前で、辰平は立ちどまった。二、三人の人足ふうの男たちが、立ち話をしている。

「ちょっと、おうかげえ申しますが……」

と、辰平は言った。すると、男たちが一斉に振り向いて、珍しいものをみるように辰平をじろじろみた。

「このあたりに、若い男と女が住んでいる家はないでしょうか」

「若い男と女？」

「しんねこでかい」

と男たちは言った。

「名前はなんて言うんだい」

「又次郎という男ですが。女はお高と言います」

「又次郎だとよ」

男たちはくすくす笑った。

「俺たちの仲間に又五郎というのがいるが、こいつは六十近い爺さんだしな。連れ合いがまた梅干しときている」

「又さんという柄じゃねえや」

「その又さんは若くて粋《いき》で、その若え女とよろしくやってるというわけかい」

「いやだよ又さん。あたしゃはずかしいよ」

一人が女の声色を使い、男たちはどっと笑った。

辰平はうなだれて材木屋の前を離れた。島崎《しまざき》町の端《はず》れの福永橋まで行って、辰平はまた亥《い》の堀《ぼり》川の河岸を久永町に戻った。川の水も、ぎらぎらと日に光っている。

さっきは入りにくくて行き過ぎた、一軒のしもた屋の前に辰平は立ち止まった。戸も窓もぴったりしまって、無人のように静かな家だった。辰平はしばらくためらったが、静かに戸を開いた。

すると戸はするすると開いて、上がり口の部屋に、向き合って飯を喰っている男と女がいた。又次郎とお高だった。

「よう、とっつぁん」

と言ったが、又次郎はいそがしげに飯をかきこんでいる。お高も、にっこり笑って、

「あら、よくわかったわね」

と言っただけだった。辰平は茫然と土間に立った。お高は血色のいい顔をして、むろん縛られたりはしていない。

「金を持ってきたのか、とっつぁん」

飯を終わって、あわただしく茶を飲みこむと、又次郎はあらためて辰平に向き直った。

「金など持ってくるものか」

辰平は満身の怒りをこめて怒鳴った。からくりが読めたのだ。やはりこの男は極め付きの助平で、お高をたらしこんでしまったのだ。これで勝蔵が言っていた妙な話もうなずける。

「この悪党！　女たらし！」

辰平は懐から鑿を取り出すと、汗くさい手拭いを捨てて構えた。きゃっと叫んで、飯茶碗を放り出したお高が、又次郎の背中に隠れた。それがますます辰平の怒りをあおった。

「娘をかえせ、このろくでなし！」

「わかった、わかった」

と又次郎は手をあげて辰平を制した。

「怪我するといけねえから、そんな危ねえものはしまいな」

「娘を返すか」

「返す、返す」

と又次郎は言った。

「まあそう気張らねえで、一寸《ちよつと》上がれやとっつぁん。あんた丁度いいところへ来たよ」

「…………」

「お前さんの前だが、じつはこの娘には手を焼いていたのよ。大飯は喰らう、夜になれば布団に這いこんでくるで、手がつけられねえのだ。ほんと。養いきれねえから、今日あすにも返そうかと思案していたところさ」

「そんな話が、信用できるもんか」

「ほんとだぜ。俺はもともと女嫌いのたちなんだ。いちいち預かり物に手を出してちゃ、この商売は成りたたねえ」

「…………」

「いや、今度はしくじった。とっつぁんは金がねえしよ。ちびりちびり頂いたところで、娘の喰い扶持《ぶち》をひいたら、残るところなんざ、ありゃしねえ。早いとこ、連れて帰ってくんな」

むっつりした顔で歩いていた辰平が、お高を振り向いた。

「おめえ、勝蔵にはどう言うつもりなんだ」

「おとっつぁんが言ってよ」

「俺がどう言やいいんだ。馬鹿」

「…………」

「あの拐しとおめえが、仲よく飯を喰ってたなんて言えるかい」

「じゃ、黙ってればいいじゃないの」

けろりとしてお高は言った。辰平はお高の顔を盗み見た。見たところ別に前と変わったところはなかった。それが幾分辰平を安心させる。だが辰平には、お高がどこかふてぶてしくなったような気がしてならない。

「おめえ、その……」

辰平はまた、ちらりとお高をみた。

「あの男と仲よくしたのか」

「馬鹿だねえ、おとっつぁんは」

お高はけらけら笑った。

「つまらない心配しないでよ。あのひと、意気地《いくじ》のない人だったんだから」

「でも、初めは泣いたそうじゃないか」

「そりゃ、初めはこわかったよ。おとっつぁんがこいしくて泣いたんだよ。でもだんだん怖くなくなっちゃった」

それで、しまいにはあの悪党を嘗《な》め切っていたというわけか、と辰平は思った。辰平は、ひさしぶりに死んだ女房を思い出していた。初めはおとなしい、臆病な女だった。が、あとには亭主を尻に敷くようになった。

——しかし勝蔵にどう言ったものだろう。

辰平は、まだ頭が痛かった。

（「問題小説」昭和五十一年四月号）

昔の仲間

起き上がって帯を締め直しながら、宇兵衛は布団わきから声をかけた。

「いかがですか、先生」

医者の玄昌《げんしょう》は手を洗っていた。宇兵衛には答えずに、うつむいて手を洗い終わると、縁側に膝《ひざ》をついて待っている女中に、盥《たらい》を下げてよい、と言った。

「どんなぐあいです？」

宇兵衛は、少し窮屈な襟《えり》をくつろげながら、玄昌の前に坐ると、もう一度言った。丁寧に手を拭き終わってから、玄昌はやっと顔をあげた。むつかしい顔をしているが、もともとめったに笑顔を見せない医者である。

玄昌は、色が黒く、眼が大きい。中背だが肩幅が広く、厚い胸を持っていた。江戸もはずれの猿江《さるえ》町の町医者だから、それほどはやるわけではないが、診立《みた》ては鋭く、ずばりと病名をあてるので信用されていた。投薬の腕もいい。

「あんたのぐあいはどうです？」

大きな眼を宇兵衛に据えたまま、玄昌は逆に聞いた。

「ええ、薬がきいたようですな」

「………」

玄昌は黙って宇兵衛の顔を見つめている。

「ゆうべはひどうござんした。あんなことははじめてで、あたしは死ぬかと思いましたよ。あの時の痛みにくらべれば、もう直ったようなものです。先生のおかげです」

「…………」

「もっとも、まだ時どき胃の腑《ふ》の底のあたりが、ずきずきするような気はしますが……」

「そうでしょうな。そのはずです」

と言って玄昌は、さっき宇兵衛の身体《からだ》を診る前に飲み残した冷えた茶を啜《すす》った。

ゆうべ、諏訪《すわ》町の茶室で、同業の紙屋の寄り合いがあって、宇兵衛は出かけた。相談ごとがまとまると酒になった。だが宇兵衛はあまり飲まなかった。ひと月ほど前から腹ぐあいが悪く、酒の席でもそれが気になって飲めなかったのである。

それでも、いつの間にか軽く酔うほどには飲んだらしかった。駕籠《かご》に乗ってからそれがわかった。ひどく気分が悪かった。駕籠が猿江町にさしかかるころには、それが堪えがたいほどになった。

橋を渡れば、住む町は眼と鼻の先である。宇兵衛は、渡りきったところで駕籠を下りた。たっぷり駄賃を貰った駕籠屋は、お店までおともしますと言ったが、宇兵衛はことわった。ぶらぶらひとり歩きして帰れば、酒もさめ、気分の悪いのも直るだろうと思っていた。腹のどこかにいつものように太鼓を打つような脈動があり、それとは別に胃に痛みがあったが、気分が悪いのはそのためではなく、酒のせいだと思っていた。

――ぐあいが悪いのだから、飲まなきゃよかったのだ。

月夜だった。月に照らされて橋の上を遠ざかる駕籠屋を見送りながら、宇兵衛はそう思った。

すぐそばの舟番所が、まだ灯をともしていて、中から低い話し声が洩れてくる。時どき籠《こも》った笑い声がまじる。人の気配がするのはそこばかりで、東へのびる行徳《ぎょうとく》街道も、橋の下を流れる大横川《おおよこ》もひっそりと月の光を浴びているだけだった。

宇兵衛は橋を降りて歩き出したが、そのとき腹に激痛がきた。宇兵衛は思わず蹲《うずくま》った。眼がくらむような痛みだった。宇兵衛は呻《うめ》き声を洩らしながら、腹をかばうように蹲っていたが、痛みはひどくなる一方だった。宇兵衛は恐怖に駆られて、思わず人を呼んだ。そのときには、蹲ってもいられなくて、横ざまに地面に倒れていた。宇兵衛は爪で地面を掻《か》いた。意識がかすみかけたとき、宇兵衛は駆けよってくる人の足音を聞いた。

宇兵衛が人心地をとり戻したのは、家に担ぎこまれ、玄昌が呼ばれてきて、その手で薬を与えられてからだった。玄昌は、昨夜は痛みが落ちつくのをみてひとまず帰ったが、今日改めて宇兵衛の腹を診にきたのである。

宇兵衛は、玄昌のむつかしげな表情が気になった。

「どうなんですか、先生。あたしの腹はあまりよくないんですか」

玄昌は眼をあげて宇兵衛をみたが、それには答えずに、また自分の方から訊《たず》ねた。

「痛み出したのは、いつからです？　長門《ながと》屋さん」

「そうですな。ひと月ぐらい前……」

そう言ってから宇兵衛は考えこんだ。改めてそう聞かれると、痛みはもっと前からあったような気がしてきたのだった。

「いや、半年ぐらい前ですかな。小さな痛みならもっと前にもあったかも知れません」

「このへんが……」

と言って玄昌は、自分の喉《のど》のあたりを指さした。

「物がつまるような気はしませんか」

「はい、確かに……」

宇兵衛は驚いて言った。喉を通るものが、十分に胃の腑まで落ちて行かず、途中で引っかかっているような感じがあった。その感じはひと月前ごろからで、もう馴れてあまり気にしなくなったが、いまもある。

あまり、たちがよくない病気を背負いこんだらしい、と宇兵衛は漸《ようや》く思い、身体がひきしまるような気がした。玄昌がなかなか自分の意見を言おうとしないのが、その証拠のように思われた。

「先生、構わずに診立てを言ってください」

と宇兵衛は言った。

「よしんば悪い病気を背負いこんだとしても、はっきり言って頂いた方がいい。それに家内には先立たれていますし、一人娘はやっとこの間婿が決まったばかりで、あれをびっくりさせたくありません。あたしに話してください」

「………」

「ほんとに構いませんよ。たとえ死病だと言われても、あたしもう五十八。いいところは生きてしまって、先に楽しみがあるという年じゃありません。決して驚いたりはしませんから」

「言ってもいいかね、ほんとうに」

と玄昌が言った。

「どうぞ。聞かせて頂いた方がさっぱりします」

「胃の腑に腫物《はれもの》が出来ています」

と玄昌は言った。

「かなり大きい。ゆうべは、それが少し破れて、痛みましたな」

「………」

宇兵衛は黙って玄昌の顔を見つめた。顔から血がひき、手足がさっと冷えたような感覚があった。宇兵衛は低い声で訊ねた。

「で、手遅れというわけですな」

「さよう。手遅れというよりも、そもそもがたちのよくない腫物なのでな。早いところ見つけても、見つかったときは大概手の打ちようがなくなっておる」

「………」

「いままで働いておられたのが、不思議なぐらいですよ」

二人の間に沈黙が落ちた。縁側に白い日射しが入りこみ、その照り返しが二人の半面を染めていたが、微《かす》かな風が庭を吹きぬけていて、部屋の中はさほど暑くはなかった。

宇兵衛は、また低い声で言った。

「それで？　あと、どのぐらいもちますか」

「それは言わん方がいいでしょう」

と玄昌は言った。それから少しあわてたそぶりで薬箱を片づけはじめた。

「これは当座の薬。こちらは毎日飲んで頂きます。こっちは、ゆうべのような痛みがきたときに飲む薬。もっともそのときは私を呼んで頂きましょう」

「先生、言ってください」

薬を受け取りながら、宇兵衛は言った。

「あたしががっかりするかなどという斟酌《しんしゃく》なら、ご無用にしてもらいます。そうと決まれば、あたしも片づける仕事もありますし、言って頂いた方がいい」

「…………」

「どうぞ、言ってください。一年ぐらいですか」

玄昌は薬箱を片づけていた手をとめて、また宇兵衛に向き直ると、むっつりした顔で言った。

「ほんとうは言いたくないのだが、仕方ありませんな。びっくりなさらんでくださいよ。あくまでも診立てだから、多少の違いはあるかも知れませんが……」

「………」

「あと半年」

宇兵衛は玄昌の顔を見つめた。玄昌の顔には、いつものむつかしい感じがあるだけで、大きな眼には何の感情も現われていなかった。宇兵衛は少し頭をさげるようにして言った。

「わかりました。先生、このことは家の者には、どうぞ内緒にしておいてくれませんか」

医者が去ったあと、宇兵衛は縁側に出た。まぶしい光が、庭の植え込みや置石の上にはじけ、時どき吹きすぎる風に秋の気配があった。白っぽい風景を、宇兵衛はしばらく茫然と眺めた。

――半年だと?

そこまでは考えていなかった、と思った。これから歩いて行く道が見えた。道は短くその先は暗黒で断たれていた。立っている足が顫《ふる》えているのに気づき、宇兵衛は縁側に腰を落として、膝を抱えた。

縁談がまとまっていてよかった、と宇兵衛は思った。こうなってみると、一番気がかりなのは子供だが、子供は娘のおゆり一人だけで、それも婿が決まって、この秋には祝言をあげることになっている。婿は同業の深川の佐野屋の三男だが、子供の時分から店を手伝って、商売には明るい男である。俺がいなくなっても、二人で立派に店をやって行くだろう。わからないことは番頭の利助に聞けばいいのだ。利助は商売のことから奉公人の一人一人にまで眼をくばって、店のことなら俺より明るいぐらいだ。紙の鑑定もしっかりしている。

——祝言を少し早めてもらおう。

念のためにそうした方がいい。それから神田の富川屋に三十両の貸しがある。ゆうべの寄り合いで顔を合わせながら、言いそびれたが、けりをつけておかないといけない。けりをつけると言えば、柳橋平右衛門《へいえもん》町の小料理屋に、古いつけを残したままだ。たしか五両ほどだが、あれも払わないといけない。

——あと、やっておくことはないか。

宇兵衛は凝然と庭を見つめながら、考えこんだ。

だが、やらなければならないのは、そんなことぐらいだった。意外に少なかった。あっけない気がし、宇兵衛は少し淋しい気もした。こんなものか、と思ったとき、一人の男の顔が浮かんできた。

宇兵衛は、頭の中に浮かんでいるその顔を、長い間見つめた。三十年も前に別れて、近年は思い出すこともなかった顔だった。だがこういう事情になってみると、その男がいま何をして暮らしているかが気になった。

男は確か、駒込の肴《さかな》町で古手屋《ふるて》をやっているはずだった。宇兵衛はそこまでは知っている。男がそのまま古手屋をしていれば、どうということはなかった。だがそうでなく落ちぶれたりしていると、そのままにはしておけない気がした。男は昔の仲間だった。

——確かめる必要がある。

と宇兵衛は思った。

宇兵衛は、瑞泰寺の門の内側に立って、さり気ない様子で時どきそこから見える店を眺めた。場所は駒込《こまごめ》のうなぎ縄手から四軒寺《しけんでら》町の方にちょっと入ったところである。目ざしてきた店は、古手屋ではなく、小間物屋に変わっていた。小さな店だった。小間物屋になっていても、店の主人があの男であれば、どうということはなかった。宇兵衛はそのときは、そのまま帰るつもりだった。男に会う必要はまったくないのだ。

不意に宇兵衛は門の柱から背を離した。店先に出てきて、往来にむかってつつしみもなくあくびをした男が、小間物屋の主人に違いないと見当がついたのである。宇兵衛が知っている男とは別人だった。四十前後で、肥っている。肥った男は、さっきも一度店先に出て、地面を掃いたりしていたのだ。

「ちょっと、お訊ねします」

宇兵衛は、男に近づいて声をかけた。男は怪訝《けげん》そうに宇兵衛を見ている。

「ここは、松蔵さんの店とは違いますか」

「松蔵？　いやあたしの店ですよ」

男は、宇兵衛を客でないと見てとったらしく、不機嫌な口調で言った。

「松蔵って、誰のことですか」

「以前ここで古手屋をやっていた人ですが」

「ああ、古手屋さん」

男はじろじろと宇兵衛を眺めた。

「ずいぶん古いことを聞くねえ、あんた。そりゃだいぶ昔のことですよ。あたしが小間物屋をはじめてかれこれ八年になりますがね。大してはやりもしないから、まだこの有様だが」

「いえいえ、そんなことはありませんでしょう」

「あたしが来る前、ここは駄菓子屋でね。古手屋てえのは、その前のことですよ」

「すると、松蔵さんはよそへ移られた？」

「あたしも昔のことだから、くわしいことは知りませんがね。その人はよそに移ったというのじゃないらしいね。借金が出来て、店をたたんだとか、聞きましたよ」

「いつごろのことですか？」

「さあ、かれこれ十五年、二十年も前のことじゃないですか」

「行く先はわかりませんか」

「知りませんな。そんな古いことを、あたしが知ってるわけはないでしょ」

宇兵衛は礼を言って、歩き出した。それで松蔵の行方はわからなくなったわけだった。

——俺はうまくやったが、松蔵はしくじったのだ。

と宇兵衛は思った。まともな暮らしに戻るのだと言って、腕の入墨を焼いた男を思い出していた。

松蔵は気性の激しい男だった。そのころ宇吉といった宇兵衛が、松蔵に誘われて芝源助《げんすけ》町の質屋に押し込みに入ったのも、松蔵のその激しさに引っぱられたのだとも言える。

知り合ったのは、深川の賭場《とば》でだった。宇兵衛はそのころ、深川の今川町《いまがわ》にある紙屋で手代をしていた。だが博奕《ばくち》に凝って、賭場に二十両からの借金があった。どうにかしなければならなかった。どうにも出来なければ身の破滅だと思い、仕事も手につかないような日々を送っていた。

松蔵は、そういう宇兵衛の事情を知っていて、誘いをかけてきたのである。松蔵は、軽い盗みを重ねて、腕に入墨を入れられた人間だったが、金を手にしたら、まともな仕事に戻るのだと言った。宇兵衛も同じことを考えていた。借金を返したら、二度と賭場には足を踏み入れまいと考えていたのだ。

押し込みで二人が手に入れた金は、四百両という大金だった。二人はその金を山分けにした。松蔵は、その金で古手屋をやると言った。場所も決まっていて、松蔵はその店を借りるための身元引請人まで用意していたのである。松蔵はそのころは博奕で飯を喰っていたが、その前は神田富沢町《とみざわ》で古手屋の奉公人をしていた。

「これで、やくざな暮らしとはおさらばだ。見ろ」

松蔵が住む裏店《うらだな》で、金の分配が済んだあと、松蔵は宇兵衛が見ている前で、鏝《こて》で腕の入墨を焼いた。松蔵の腕は煙をあげ、赤く焼けただれて、ある場所では皮がはげたが、巾《はば》三分、三筋の入墨は肉まで喰い込んでいた。松蔵は呻きながら、肉まで鏝を押しつけた。異様な匂いが漂うなかで、宇兵衛は必死に吐気をこらえた。

今後は一切赤の他人、町中で行きあっても知らないふりをするぜ、と言ったのは松蔵の方からだった。

それでも宇兵衛が、駒込の松蔵の店をのぞきに行ったのは、ああは言っても、人間苦しくなればなんだってやるものだ、と思っていたからだった。現に宇兵衛は、自分でも信じられないような押し込みという大罪をやってのけたのだ。

そのころ宇兵衛は、猿江町に店を持った。いまの店である。押し込みに入ってから、なお三年手代を勤め上げた。賭場の借金を返した残りの百七十両あまりは、押し入れの行李《こうり》の底にしまって、誰にも気づかれなかった。奉公していた店は、暖簾《のれん》分けするほどの大きな店でもなかったので、宇兵衛が店を出すというと、現物の紙ひと揃《そろ》いと、祝い金程度の金をくれた。

宇兵衛は小さいながら、紙屋の主人になり女房をもらった。商売の方はうまく行った。あとはゆっくり商売をふくらまして行くだけだった。その暮らしをおびやかすものがあるとすれば、押し込みの記憶と、松蔵が落ちぶれて店をたずねあててきたりはしないかという心配だけだった。

だが松蔵は、宇兵衛に言ったとおり、古手屋をやっていた。けっこういそがしそうに見えた。松蔵に気づかれないようにして、宇兵衛はそれを見とどけて帰った。それっきり松蔵のことを忘れた。商売がいそがしくなり、店が大きくなって、子供が生まれたりするうちに、押し込みをやった記憶も薄れた。そうして三十年近い歳月が過ぎたのである。

——やはり行く先を探す必要がある。

神田に出る道を歩きながら、宇兵衛はそう思った。もし松蔵が落ちぶれて、ろくな暮らしをしていなければ、自分が死んだあとでも、店に金をねだりに来たりしないでもない。宇兵衛が考えていることはそういうことだった。人間切羽つまれば、どんな悪事だってやるのだ、と昔思ったことを思い出していた。

松蔵が、店のありかを知らないだろうなどと考えることは出来なかった。現に宇兵衛自身が、松蔵に知れないように、駒込の店を見に行っている。

死んだあとに、松蔵が店に来ておどしたりすれば、娘夫婦が驚くぐらいでは済まなくなる。旧悪がばれて、店が潰《つぶ》れるかも知れないのだ。宇兵衛は、腹のなかに微かに動いている鈍い痛みに耐えて、道をいそいだ。行く場所は決まっていた。昔馴染んだ賭場のあたりから、松蔵の消息を探って行くしかなかった。

「いまお帰りですか」

擦れ違おうとした男が、足をとめてそう言った。隣の東町に住む幸太という岡っ引だった。猿江町から柳原《やなぎわら》、それに大横川の向こう河岸の深川西町、菊川《きくかわ》町のあたりまで縄張りにしている男である。

長門屋にも時どき顔を出し、そのたびに宇兵衛は、何がしかの小遣いを包んで渡している。そうしておけば、何かの時に役立つと、町の者は考えていた。

この間、猿江橋の近くで宇兵衛が倒れたとき、店まで運んでくれたのは、この男と番所の役人だった。宇兵衛はそのとき真っ暗に意識がかすんでいたのだから、幸太がいなければ番所役人だけでは始末に困ったに違いなかった。幸太はそのとき番所に遊びに行っていたのである。

この間の一件では、ふだん幸太に心付けを渡していたのが役立ったようなものだった。もっともそうは言っても、その後宇兵衛は、幸太の家にも舟番所にも、番頭の利助に命じてたっぷり礼を届けている。

「近ごろ、よくお出かけで」

と幸太が言った。四十過ぎで、如才のない柔らかな口をきく男だった。

「はい。娘の祝言が迫っているもので、仕方なく出歩いております」

「腹の方は大丈夫ですか」

「まだぐあいがすっきりしませんが、薬を飲み飲み。やることをやらないと落ちつきませんから」

「少し痩《や》せましたな。気をつけなすった方がよござんすぜ、旦那」

「はい、有難う」

幸太と別れると、宇兵衛は薄闇に包まれた町をゆっくり歩いた。道の上に坐りこみたいほど疲れていたが、宇兵衛は明日も出かけなければ、と思っていた。

明日は、六間堀《ろっけんぼり》町の居酒屋を訪ねるつもりだった。今日最後に会った男が、二年ほど前にその店でよく松蔵を見かけたと言ったのである。いそがないと、間にあわない、と宇兵衛は思った。岡っ引の幸太に会ったことは、もう念頭から消えていた。

「ああ、あのじいさまのこと？」

女は簡単に言った。女は立ったまま、煙管《きせる》をくゆらせていた。

「近ごろ顔をみないけど、この間まで来てたよ。何しろくさくってね。いくら金もらうからって、あれじゃ鼻曲がっちゃうわ」

「…………」

「剣つく喰わしたら泣き出したから、しょうがなくてさせてやったけどね。でもぐでんぐでんに酔っぱらっててね。何のことかわけわかんなかったね」

「どこに住んでるって言わなかったかね」

「ええと、何か言ってたな。ともかく銭持って女買いに来るんだから、地べたに寝てるってわけじゃないんだよね。そうそ、どっかにいるって言ったな。そこへ行こうなんて、味な誘いをかけたんだ、あのじいさま」

「思い出してくれ、ねえさん」

「ちょっと待って。ちょいとおつるさん」

女は道の方から空地に戻ってきた、肥った女を呼んだ。

「こないだの、ほら酔っぱらってどうにもならないじいさま。あのひとどこに住んでるって言ったっけ？」

「知らないよ、あたしゃ」

「あんたにも来い来いって言ってたじゃないか。おまえらが哀れだって、頼みもしないのに泣いてたじゃないか。自分の方がよっぽど哀れなくせしてさ」

「ああ、あの人。三つ目長屋だって言ったよ、たしか」

「思い出した。三つ目長屋さ。知ってるかい？　ついこの先の永倉町《ながくら》の裏にあるんだよ。あんまり傾いて危ないから、取りこわすって大家が言ったら、住んでる連中が怒っちゃってね。あたりの家に火ィつけるって騒いだもんで、そのままになってるってとこさ。あたしらだって、あんなとこには住みたくないね」

宇兵衛は一たん家に戻った。女中のおかつが、飯をどうするかと言ったが、宇兵衛はことわった。またきりきりと腹が痛んでいて、食欲はまったくなかった。

医者の玄昌にもらった薬を出して飲んだ。座敷の方から、娘のおゆりの少しはしたないと思われるほど明るい笑い声が聞こえてくる。その合間に男の声が聞こえるのは、許婚《いいなずけ》の佐野屋の三男坊が来ているらしかった。白湯《さゆ》を飲みながら、宇兵衛はその声を聞いた。それから押し入れに首を突っこみ、行李の底から匕首《あいくち》を出すと懐にしまった。

三つ目長屋の木戸をくぐると、宇兵衛はさっき確かめておいた家の前に立った。それからあたりを見回した。奥の方に三軒ほど、灯をともしている家があったが、ほかの家は寝てしまったらしく、路地はひっそりしていた。

宇兵衛は音がしないように、苦心して戸を開くと、手さぐりで土間に入った。異様な臭気が押し寄せてきた。

宇兵衛は土間で火打ち石を叩き、持ってきた付け木に火を移すと、突きあたりの障子を開けた。傾いた畳の上に、男が寝ている。宇兵衛は踏み込んで、行燈《あんどん》に火を入れた。油が少なく、行燈はジージーと音を立てたが、ようやくぼんやりと部屋の中を照らし出した。

宇兵衛は、しばらく立ったまま男の寝姿を見おろした。白髪の痩せた男で、布団を敷くでもなく畳の上にころがっている。男の身体は甘酸《あまず》っぱい酒の香がした。みると、男の頭のそばに、空《から》徳利が転がっていた。

「おい」

膝をつくと、宇兵衛は男の肩に手をかけてゆすった。酒の香とまじった異様な臭気を男はまとっていて、宇兵衛は吐気がこみあげてくるのをやっと我慢した。

「おい、起きろよ」

宇兵衛がゆすり続けると、男が寝返って、やっと眼をあけた。それから不思議そうな顔になって、手を突っぱって身体を起こした。

「おめえ、誰だい？」

漸く襖《ふすま》に上体をもたせかけて宇兵衛をみると、男はしゃがれた力ない声で言った。すっかり白髪になり、眼も頬もくぼんで、見るかげもなく面変《おも》わりしているが、男は松蔵に違いなかった。

「おめえ、誰だね」

松蔵はもう一度言い、それからかっと口を開いてあくびをした。ほとんど欠け落ちて、何本も残っていない歯が見えた。

「俺が誰か、わかるか」

と宇兵衛は言った。松蔵は、前に足を投げ出したまま、もう一度あくびをし、それからぼりぼりと首筋を掻いた。そのとき袖がめくれて、腕のやけどの痕《あと》が見えた。松蔵はじっと宇兵衛を見、それから首を振った。

「知らねえな」

「よくみろ。俺に見覚えはないかね」

宇兵衛は行燈を引き寄せて、自分の顔を照らしてみせた。松蔵はのぞきこむようにして宇兵衛の顔を見たが、やはり首を振った。それから手をのばして、転がっている徳利を引き寄せ、舌を出して逆さにした徳利を振った。

「知らねえな」

松蔵は言い、鈍く光を失った眼で宇兵衛を眺めた。

「お前さん、誰だい。ことわりもなしに、人の家に入りこんでよ」

「そうか、知らないか」

忘れてしまったのだ、と宇兵衛は思った。こちらの思い過ごしだった。考えてみれば、三十年も昔の話なのだ。忘れたとしても無理はない。眼の前にいるのは、昔の松蔵ではない。飲んだくれの浮浪者だ。

「人違いしたらしい」

と宇兵衛は言った。宇兵衛はあわただしく懐を探って、鼻紙に小判を一枚包んだ。

「黙って入りこんで悪かったな。ま、これで一杯やってくれ」

宇兵衛はやさしく言って、立ち上がると背を向けた。こいつは有難えが、どういうことだい、と松蔵が呟《つぶや》いたのが聞こえた。宇兵衛は土間に降りた。その背に、突然松蔵のしゃがれ声が喚いた。

「そうか。おめえ長門屋だな。宇吉だろ?」

宇兵衛は振り返った。松蔵が、引きとめようと手をのばしていた。

「帰ることはねえや。話していけよ。いま、酒買ってくら」

松蔵は立ち上がろうとして、尻餅をついた。

「おめえが大きな店をやってることは、知ってたさ。行ってみようと何度も思ったが、俺もこのざまだから遠慮してたんだ。俺にだって見栄というものがあるからな。でも、嬉しいな」

尻餅をついたまま、松蔵はすすり泣いた。

「おめえの方からきてくれたんだ。やっぱり昔の仲間だな」

やっぱりこいつはちゃんと知ってたんだ。そしてこうして会ってしまったら、今度は必ず店に来る。疾風《はやて》のように、宇兵衛は部屋に走りこんでいた。ぐらぐら身体が揺れている松蔵を、抱き込むようにして、胸に匕首を突っ込んだ。倒れて海老《えび》のようにそり返った松蔵の身体が、不意にやわらかくなったのを確かめてから、宇兵衛は口を塞《ふさ》いでいた手をはずした。恐ろしい疲労が襲ってきて、宇兵衛はしばらくそのまま蹲っていた。

漸く立ち上がろうとしたとき、土間で声がした。

「旦那でしたか。これは意外でしたな」

土間に立っているのは、岡っ引の幸太だった。

「この酔っぱらいは、一度奉行所につかまった男ですよ。十年ほど前です。昔、源助町の質屋に押し込みに入った疑いでした。押し込みの一人が入墨者だったことを、質屋の者が見ていましてね。お奉行所ではその筋をたぐっていたんですが、この男は入墨のあとを火で焼いていたもんで、長いことわからなかったという話です」

「……………」

「つかまえたが、お奉行所では間もなくこいつを放してしまいました。酒で頭がおかしくなっていて、叩いても何ひとつまともな返事が出来なかったそうです。放したのは、二人いる押し込みの、もう一人がどんな奴か、まったくわからなかったためだそうで。それでこの男の行く先々で見張ることにしたんですな。そのうち、誰かがこいつに近づいてくるに違いないと、お奉行所の旦那が言いましたが、本当でしたな」

「…………」

「それが旦那とは、夢にも思いませんでしたよ。松蔵が、昔の仲間というのを聞いてびっくりしました。そんなことを口走ったから口を塞がれたんですな、この男」

「…………」

「あたしが見張りについたのは、松蔵がここに住みついた二年前からです。いや驚きましたな。お目あてのもう一人が旦那だったとは、信じられませんな」

（「小説新潮」昭和五十二年四月号）

疫病神

一

「なにか、相談ごとでもあるのか」

女房のおなみが出て行くと、信蔵は少しぶっちょう面で言った。

いっこうに腰をあげる気配のない妹に、少し苛立《いらだ》っていた。妹のおくにが来てから、かれこれ一刻《とき》近くもたっている。信蔵は、肴《さかな》を買ってくると言って出て行ったおなみにも腹を立てていた。

おくにが高いせんべいをみやげに持って来たので、おなみははじめ愛想がよかったのだ。だがいつまでも帰る様子がない義妹に、業を煮やして、晩めしのおかずを買いに行ったのだ。

おなみにはそういうところがある。

おなみは信蔵の親方の娘である。信蔵が奉公している間に、好き合って嫁にきた。親方の娘だからと、うやうやしく頂いた女房ではない。信蔵はそう思っている。だが、年月がたつと、おなみにわがままなところが出てきた。時どき、もと親方の娘らしく振る舞うことがあった。

信蔵が苛立っているのは、明日までに仕上げる仕事を抱えているせいでもあった。信蔵は腕のいい表具師で弟子も二人いる。だがいまかかっている六曲の屛風《びょうぶ》は、人にまかせられる仕事ではなかった。

信蔵はおくにの長っ尻にうんざりしていた。ぶっちょう面を隠さずにそう言ったのは、そういえば妹も腰を上げるかと思ったのだが、おくには信蔵がそういうのを待っていたように、身をのり出してきた。

「相談も相談も、大相談」

言いながらおくには長火鉢ににじり寄ると、お茶道具に手をのばした。帰るどころでなく、これからお茶を淹《い》れ直して一服しようという構えだった。信蔵は心の中で舌打ちした。

「なんだい。それなら早く言やあよかったじゃないか」

「それがさ。嫂《ねえ》さんのいるところじゃ言いにくい話なんだよ」

信蔵は眉を寄せた。金の相談かとも思ったが、おくにははやっている小間物屋に嫁いで、金には不自由していないはずだった。着ているものも、信蔵にはわからないが、なにやら高価そうな絹ものをまとっていて、景気悪そうには見えない。ぽっちゃりした丸顔は血色がよく、化粧もよくのっていた。

「もったいぶらずに言いな」

「兄ちゃん、驚かないでよ」

子供のころから、おくにはこういう大げさなものの言い方をする奴だったと信蔵は思った。ぶっちょう面のまま信蔵は言った。

「驚かねえから、はやく言いな」

「おとっつぁんが、見つかったんだよ」

「なんだって！」

信蔵は眼をむいた。思わず腕組みを解いておくにの顔を見つめた。これは驚くなと言われても、びっくりしないわけにいかない。

父親の鹿十《しかじゅう》が家の者の前から姿を消してから十五年以上たつ。いや十八年だ、と信蔵は思った。

鹿十は若いころはやはり表具師をしていた。腕もよくはやった。だが三十も半ばを過ぎたころ、ちょうどおくにが生まれたころから、人間が変わった。飲む、打つ、買うの三道楽に全部手を出し、仕事は怠け、意見する女房を殴り倒した。

いま信蔵が住んでいる店も、一時は人手に渡っていたのである。信蔵が買いもどしたのは三年前のことである。家も人手に渡し、一家は、住み馴れた本所を離れて、遠い深川の冬木《ふゆき》町の裏店《うらだな》に引っ越した。そこで鹿十は少しおとなしくしていたが、ある日家を出て行って、それっきり戻らなかったのである。生きたとも死んだともわからずに、十八年の歳月が過ぎたのであった。その間父親の噂《うわさ》を聞くこともなかった。

「お前、親爺《おやじ》に会ったのか」

「とーんでもない」

おくには首を振った。

「見つけたのはあたしじゃないよ。姉ちゃんだよ。いえね、姉ちゃんの旦那だよ」

「長吉さんがかい」

つい先日、長吉は近所の湯屋が休みで、知り合いがやっている近くの町の湯屋まで、行った。長吉は青物の触れ売りが商売だから、暑い日は何度も汗をかく。それでまめに湯屋に行く。

知り合いがやっている湯屋には、はじめて行ったのだが、そこで釜番《かまばん》をしている鹿十を見た。長吉は鹿十が家を出る一年前に姉のおしなを嫁にもらって、鹿十を知っていた。先方では長吉に気づかなかった。

「三年前から、そこで釜番をしてるんだって。図々しいったらありゃしない」

「…………」

「長吉さんも眼を疑って、次の日に姉ちゃんを連れて確かめに行ったらしいの。そしたらやっぱりおとっつぁんなもんで、姉ちゃんあんまりびっくりして、気分が悪くなったんだって」

「…………」

「どうする、ほっとく？」

「まあ待てよ。そう一ぺんに言うな」

と信蔵は言った。少し混乱していた。

「そのとき姉さんは声をかけたのかな」

「声なんかかけるもんですか。見つからないように、そっと逃げて来たそうよ」

「ふむ。で？」

信蔵はおくににお茶を催促しながら言った。

「親爺はどんなふうだったのかな。老けただろうな。待てよ、ええと六十二になってるか」

「白髪で、痩《や》せて、しょぼくれていたって。当然のむくいよね。それなのに姉さんたら、あたしにその話しながら、急に泣き出したりするんだから」

信蔵は茶碗を置いて、腕を組んだ。姉のおしなの気持ちはわかるようだった。鹿十は極道の限りをつくして家の者を泣かせたが、その前は、まともな職人だったのだ。信蔵にも、そういう父親にかわいがられた記憶が残っている。おくにのように冷酷な口はきけない。

おくにはやさしい父親を知らない。おくにが見たのは、鬼のような男だけだったろう。いつも酒の香が切れず、気にいらなければ襖《ふすま》を破り、物を投げ、家中母親を追い回して殴りつけた。おくにがそういう口をきくのは当然だった。

「そうか、白髪になったか」

「まるでみっともないじいさまだったらしいわよ」

「昔の元気はなくなったわけだ」

そう言ったとき、信蔵の眼に、行き場もなく湯屋の釜の前にうずくまっている年寄りの姿が見えてきた。その背はまるく曲がり、乱れた白髪が肩にかかっている。

「見つからないんならともかく、居場所がわかってるのに知らんぷりも出来ないだろうな」

と信蔵は言った。するとおくには上眼遣いに兄を見た。

「でもさ、おとっつぁん生きていましたかなんてたずねて行ってみなさいよ。そりゃもう待ってましたとばかりくっついてくるよ。しがみついて離れないわよ、きっと」

「そうだろうな」

「そのときはどうするの？　兄ちゃん引き取る気があるの？」

「………」

「あたしはいやよ」

「まあ待て」

と信蔵は言った。

「一度みんなで相談してみようや」

二

十日ほどたって、信蔵は六間堀町に住む妹を誘って、深川の姉を訪ねた。丁度仕事のきりがよかった。

姉のおしなは深川の、仙台堀にほど近い万年《まんねん》町の裏店に住んでいた。亭主の長吉はよく働く男だが、何年たっても裏店住まいで、子供ばかり多かった。信蔵はめったにここをたずねることがない。近くのとくい先に来たなどというときには寄るが、姉の話はいつの間にか暮らしの愚痴になり、信蔵は帰るとき必ず幾らかの金を置いて出ることになる。

小遣いをやるぐらいは何でもないことだが、愚痴話を聞くと、後で気が滅入《めい》った。それでめったに寄りつかなかった。

だが見つかった父親のことで相談をする場所というと、姉の家が一番いいようだった。信蔵は、父親のことについては女房に何も話していなかったし、妹にしても嫁入った先がちゃんとした店で、要するにいまごろろくでもない父親が姿を現わしたことは、二人ともあたりに筋道を立てて話さないとまずい感じがあるのだった。

その点姉の家は、夫婦そろって父親を知っていたし、また見つかったという父親のありさまを、姉からじかに聞くためにも、相談ごとは姉の家でするのが一番いいだろうと、この間信蔵は妹と打ち合わせたのであった。

二人を迎えると、姉のおしなは子供たちを外に追い出した。おしなは三十六だが、年子を含めて子供が五人もいるのだ。騒々しく外に飛び出して行く子供たちを見て、信蔵はいつものように、この家はちっと子供が多すぎるなと思った。

中へ入ると、亭主の長吉がいて、愛想よく二人を迎えた。

「あれ？　どうしたい。今日は休みかね」

と信蔵は言った。

「いや、大事な相談ごとだというから、おれもいた方がいいんじゃないかと思ってね」

「それもそうだな。長さんにも入ってもらえば助かる」

「あんなこと言って、仕事を怠けたいんですよ」

台所でお茶と漬物の支度をしているおしなが口をはさんだ。するとおくにが言った。

「でも、ここの旦那さんはよく働くじゃないのよ。いつも感心してるわ。うちなんかとは大違いだよ」

「そりゃそうさ。あんたとこと違って、家は稼《かせ》がなきゃその日のおまんまに困るんだから。そいで、稼ぎのわりにはちっとも楽にならないところが不思議だけど」

おしなは厭味《いやみ》まじりにそう言い、おくにはそんな言い方しちゃ、旦那がかわいそうだよと言ったが、長吉はへらへら笑っているだけだった。

「それで？　親爺、材木町にいるんだって？」

みんなの顔がそろったところで、信蔵がそう言った。

「そうなのよ。眼と鼻の先っていうけど、ほんとに驚いたわ」

とおしなが言った。材木町は万年町から掘割の橋を西にわたって、河岸をちょっと南に下がったところにある。

四人は改めて驚いた顔をつくり、長吉が見つけたときの話から、夫婦でのぞき見しに行ったときの様子などを聞きながら話し合った。

「で、どうしたもんだろうな」

信蔵は姉を見た。

「ほっとくってわけにはいくまい」

「そりゃほっとけないよ、お前」

とおしなは言った。

「あのときはあんまり驚いて、声をかけるどころでなく逃げてきたけど。あとで何だかあわれになっちまってね」

「……」

「子供が三人もいて、みんな所帯を張っているというのに、あんなところに一人ぼっちでさ。寿命が尽きるのを待ってるのかと思うとさ」

「だけど、おとっつぁんというひとだけど……」

おくにが口を出した。

「もう直ったと思う？」

不意にみんなが黙りこんだ。それはみんなの胸にあることだった。おしな夫婦の話で、鹿十がみるかげもない哀れな年寄りになり、湯屋の釜番で細ぼそと喰いつないでいることはわかった。

だがその鹿十が、それでまともな人間に返ったのかどうかは、誰にもわからないことだった。父親だから捨ててもおけまい、と思いながら、信蔵が女房を憚《はばか》って、姉の家にきて相談したりしているのも、その恐れがあるためだった。父親は、尋常の玉ではないのだ。少なくとも家を出る前の鹿十は、人間の屑《くず》だったのだ。

「でも、どっちみち知らんぷりは出来ないな。すぐそこにいるというのによ」

「あたしもそう思うけど、でも信ちゃん」

おしなは三十三になる弟を、昔のようにそう呼んだ。

「もし昔と変わりないいんだったら、かわいそうだけどほっとくしかないよ。誰が引き取るにしても、もしそうだったら家の中がめちゃめちゃになるもんね」

「かと言って、直りましたか、と聞くわけにもいかねえしな」

と長吉が言った。みんなはどっと笑った。厄介《やっかい》なものを抱えこんだ気がし、その厄介者が、とりもなおさず自分の親だというところが、いまいましくまたおかしかった。

ひとしきり笑ったあとで、信蔵は言った。

「とりあえず、一度おれが会ってみるよ」

「それがいいかも知れないね」

と、おしなが言った。

「あたしたちも、ただ本人を確かめたというだけで、なんにも聞いたわけじゃないんだから」

「ひょっとしたら、ちゃんとした家があるかも知れないわよ」

とおくにが言った。

「あれから十八年たってんだもの。女房がいて、子供がいたっておかしくないよ」

「そうか」

信蔵はおくにを見た。

「そういうことも考えられるな。それだったら引き取るのなんのと騒ぐこともないわけだ。とにかく会って、そのあたりの事情を探ってみることにするか」

「でも一人でいるんだったら、声をかける以上引き取らないわけにいかなくなるよ、兄ちゃん」

とおくには言った。

「そのときに引き取る覚悟がないのに、会ったりしちゃ、まずくないかしら」

四人はまた黙りこんだ。話はまたふりだしに戻ったようだった。

「そのときは、みんなで何とかするしかないさ」

と長吉が言った。長吉は貧乏ゆすりをしていた。

「今度ばかりは、男だから信蔵さんが引き取れというわけにいかない気がするな。なにしろ曰《いわ》くつきの人なんだから、これが長いこと家出していた父親だと連れて行かれたら、おなみさんだって、びっくりするんじゃないかね」

「しかしそれは仕方ないよ、長さん」

と信蔵は言った。

「男はおれひとりだし、昔の家にも住んで、父親の仕事も受け継いでいる。つまりはおれが家を継いでる形になっているんだから」

「いや、遠慮しなさんな。狭いところだからずっとじゃ困るけど、少しぐらいならおれたちだって預かるよ。なにしろおしなは一番の姉には違いないんだから」

なあ？　と長吉はおしなを見て言った。あんたにそう言ってもらえば、あたしは有難いけど、とおしなは言い、ついでに、あんたその貧乏ぶるいをやめなさいよと言った。

「あたしは勘弁してもらいますからね」

とおくにが言った。

「たとえば、おとっつぁんがまともな人間に戻ったとしても、あたしは姑《しゅうとめ》がいるし、父親を引きとれる身分じゃないんですから」

「お前は仕方ないさ」

と信蔵は言った。

「だいいちあたしは、うちのひとにおとっつぁんはとっくに死んだことに話してあるんだから」

おくにがそう言うと、みんながまた笑った。厄介なものが眼の前にあらわれたことは確かだった。だがそう思いながら、みんなが少し浮き浮きしていることも確かだった。

厄介だが、父親は父親だ。そう思う身内の感情にくすぐられていた。落ちぶれても、助けをもとめることも出来ないでいる父親を、黙って拾いあげてやる役割に、少し酔ってもいた。

三

信蔵は湯屋の裏手の方に回って行った。するとそこに湯屋の人間の住居らしい建物の入口があった。入口は男湯の裏口と渡り板でつながっている。渡り板の向こうが焚《た》き場だった。焚き口の火の色が見えた。その前に白髪の男がうずくまっている。男の背後には、堆く古材木が積まれ、いまにも男の背に落ちかかりそうにあぶなっかしく見える。

男は信蔵に見られているのに気づかない様子だった。古材木の切れ端に腰かけて、じっと焚き口をのぞきこんでいる。背が曲がっている。煙が吹き出すと、男はそばに置いた細長い火《ひ》掻《か》き棒《ぼう》を焚き口に突っこんで、火を掻き回した。それが済むと、また腰をおろして、石のように動かなくなった。

「ちょっと」

渡り板を踏みこえて中に入ったが、信蔵はどう言ったらいいかわからなくて、そう声をかけた。白髪の男が父親だということはもうわかっていた。記憶にある父親より小柄なのが意外な感じがした。

信蔵が焚き場に入って行くと、鹿十は腰を浮かした。向き合うと、警戒するように信蔵を見た。しじゅう焚き口の前にいるためか、眼のふちが赤くただれ、眼尻にはやにがたまっている。

「おめえ、誰だい」

と鹿十はしわがれた声で言った。

「信蔵だよ。わからねえかな、おれだよ」

信蔵は一歩踏み出し、顔を突き出すようにして言った。笑ってみせたが、ぎこちない笑いになった。変わりはてた父親の姿に胸を衝かれていた。

鹿十が喉《のど》の奥で奇妙な声を立てた。鹿十は黙って信蔵の顔を見つめ、それからしわだらけの黒い顔をさっとゆがめると、背をむけた。その肩が細かくふるえているのを信蔵は見た。瘦せた肩だった。

信蔵は近づいて、後からその肩に手を置いた。父親の身体《からだ》のあたたか味が、手のひらに伝わってきた。

「だいぶ苦労したらしいな、おとっつぁん。こんなところに働いているなんて、夢にも思わなかったよ」

「おめえに合わす顔なんざ、ありゃしねえ」

と、向こうをむいたまま鹿十が言った。

「なに言ってんだ。昔のことは昔のことさ。過ぎた話だ。それよりは、これからのことを考えなくちゃな」

「…………」

「みんな心配してたんだ。姉も、妹のおくにもよ」

「おめえたちに合わす顔なんぞ、ありゃしねえよ」

鹿十は向き直ってまたそう繰り返した。うつむいて、叱られた子供のように身体の前で指をいじっていた。手は百姓男のように、ぶこつに太く、はいている股引《ももひき》には、膝《ひざ》につぎあてがしてある。信蔵の胸にあわれみがこみあげてきた。

父親を坐らせ、信蔵は火搔き棒を握って時どき焚き口のあんばいを見ながら、半刻《はんとき》近くも話した。自分のことも話し、父親の事情も聞いた。

鹿十はそこからずっと南の中島町の裏店に住んでいると言った。一人だった。三年前にいまの湯屋に、木拾いとして雇われたが、そのあと釜番を勤めていた年寄りが、去年の秋に死んだので、文字どおりその後釜に坐ったのである。木拾いは、町を回って古材木や板きれを集めるだけでなく、あくた捨て場の川岸にまで行って、燃えそうなものを拾いあつめてくる。きつい仕事だった。

「いまは火を焚いてるだけでいい。こんな楽な仕事はありゃしない」

鹿十は、そう言うとはじめて顔をほころばせて笑った。歯が抜け落ちて、人のいい表情になった。

「夜は何刻まで火を焚いてるの？」

「五ツ（午後八時）過ぎだね」

「冬は寒かったろうに」

「なに、火のそばだから、寒いことはありゃしねえよ」

「安心しなよ、おとっつぁん」

と信蔵は言った。

「見つかった以上は、こんな仕事はさせておかないよ。みんなとも相談して、家に引き取るようにするよ」

「有難え話だ」

と鹿十は言った。

「だが信蔵、それはやめてくれ」

「どうして？」

「どうしてっておめえ。おれは面倒みてもらうほどの値打ちがある親じゃねえ。こうしてお前に会えただけで十分さ。極楽だ」

出直してくる、と言って信蔵は立ちあがった。あたりは夜のいろに包まれていて、信蔵を見ている鹿十の表情は、はっきりとは見えなかった。焚き口の火明かりが痩せた横顔を照らしている。

「悪いようにはしないから。今度くるまでに姿を隠したりしないでくれよな、おとっつぁん」

と信蔵は言った。

信蔵は湯屋を出ると、万年町の姉の家にむかった。道はすっかり暗くなって、人通りも少なくなっていた。信蔵は急ぎ足に道を歩いた。心の中に、十八年ぶりに父親に会ったたかぶりがあった。

だが、姉のおしなは、この前よりも物言いが冷静だった。

「おっかさんのことを話した？」

「ああ、話したよ。そしたら親爺のやつ、涙をこぼしていた。おれがあんなふうにいじめたから、早く死んじまったかなんて言ってたな」

「それで？　もう悪いことはしてないのかしら、昔のような……」

「そんな元気があるもんか。姉さんも見たとおり、もうよいよいの年寄りだぜ」

「引き取るって言ったのね」

「言ったよ。みんなと相談して、悪いようにはしないからって言ったら、有難い話だが、やめてくれって言ったぜ」

「ふーん」

おしなは考えこむように首をかしげたが、亭主の長吉が口をはさんだ。

「改心してんだよ、すっかり」

「おれもそう見たんだがね」

信蔵は、姉を見た。おしなが案外に話に乗って来ない様子なのが、少し不満だった。会って話してみればわかることさ、と思っていた。あれはたとえば一緒に住んだとしても、猫よりも無害でおとなしい、一人の年寄りにすぎない。

「でも、だいじょうぶかしら」

不意におしなが言った。

「何が？」

「本当に直ったのかしら、あのひと」

あのひとという言い方が、信蔵の胸を刺した。不意にそれまでのたかぶった気持ちが、冷えて行くのを感じた。

「あれからずっと考えつづけていたのよ、おとっつぁんのことを」

「………」

「おとっつぁんが、家を出て行ったころの、おっかさんのことをおぼえてるかい？」

「さあ、もう忘れたな」

「あたしはおぼえているよ。血色がよくなって、じきに少し肥ったよ。おっかさんは、ほっとしたのよ、あのひとがいなくなって」

「そうだったかな」

「いまごろ、おっかさんのために、涙など流してもらいたくないね、おとっつぁんには。人でなしだったんだよ、あのひと。あんたには話したことがないけど、あたしを女郎に売ろうとしたんだから」

おしなは長吉を見て、あんたは知ってるよね、この話、と言った。

「だから、本当に直ったかしらと思うわけよ」

信蔵はじっと考えこんだ。気を許すのが早すぎたかと思い、頭をもたげてくる不安に心をつかまれていた。だが、鹿十には、もう引き取ってやると言ってしまったのだ。

四

鹿十をひき取って、三月たった。だが何ごとも起こらなかった。

「何てこともないじゃないの。いいおじいちゃんだわ」

はじめは鹿十を引き取るのにいい顔をしなかった女房のおなみがそう言うようになった。

実際鹿十はおとなしかった。喰べものにも不平を言わず、着せられたものを着て、今年八つになる孫の信助の遊び相手をつとめ、眼をほそめている。好々爺《こうこうや》に見えた。

僅かだが、信蔵は小遣いをあたえている。だがそれで一杯飲む気配もなく、信助を連れて町に出たときに、駄菓子を買ってあたえたりしているようだった。近ごろは、退屈だからと言って、信蔵がとめるのに仕事場に入って、伊作と源次という二人の弟子の仕事を手伝ったりしている。

姉のおしなや、妹のおくにが時どきやってきた。父親の様子をのぞきにくるのだったが、女たちはそういう父親と僅かの間話したり、仕事場を手伝っている様子を眺めたりして、満足して帰って行く。信蔵も、これなら大丈夫だとほっとする思いだった。

「あんた」

ある日、鹿十が孫の信助を連れて町に出て行ったあとで、仕事場に入ってきたおなみが囁《ささや》いた。

「おじいちゃんが、伊作から金を借りてるそうですよ。聞いてる？」

「いや」

信蔵は少し離れたところで、襖を張り替えている伊作を見た。

「おい、伊作」

「へい」

「じいさんに金を貸したって？」

「ええ。なにいいんですよ。べつにいそいで返してもらわなくとも」

「いくら貸したんだい？」

「二分ですが……」

信蔵は少し顔色が変わるような気がした。

「二分と言やぁ、大金じゃないか、いつ貸したんだ？」

「へ。ひと月ほど前です」

「そういうことは早く言わなきゃ、だめじゃないか。あとでおなみにもらいな」

信蔵はそう言ってからおなみと顔を見合わせた。二分という金を鹿十は何に使ったのだろうと思っていた。皆目見当がつかなかった。おなみもそう思ったらしかった。眉をひそめて言った。

「何に使ったんですか、そのお金」

「おれにもわからねえな」

と信蔵は言った。少し無気味な気がした。

それがはじまりだった。五日ほど経ったころ、妹のおくにが駆けこんできた。

「おとっつぁんいる？」

「出かけてますよ。町をひと回りしてくるって出て行ったきり」

「兄ちゃんは？」

おくにの声は筒抜けで、信蔵は仕事場を出て茶の間に行った。

「どうしたい」

「やられたわよ、あいつに」

とおくには言った。あいつというのは、父親の鹿十のことに違いなかった。信蔵はおくにの乱暴な言葉をとがめるよりさきに胸が騒いだ。あの男が、また何かやったのだ。

「あたしが留守の間に、家へやってきて、金を借りて行ったんだよ、おとっつぁんが」

「いくらだ」

「五両ですよ。それを言いなりに出した亭主も亭主だけど、いったいどういうつもり？」

「おれにそう言ってもしようがないよ。いつのことだい、それは？」

「たったいまよ。それも、あたしがほんのちょっと髪結いに行っている間のことなんだから。まるで、あたしが外に出るのを見張ってたみたいなのよ」

信蔵とおなみは顔を見合わせた。

「どうする兄ちゃん。おっかさんには早速厭味を言われるし、どうしてくれる？」

「五両の金を、何に使うつもりだ」

信蔵は茫然と呟《つぶや》いた。それは、鹿十が伊作から二分借りたと聞いたときと、同じ疑いだった。鹿十がそういう金を何に使うつもりかは、まったく見当がつかなかった。

「まあ、その金は何とかおれから返すようにするよ。一ぺんにとはいかないが……」

「兄ちゃん、やっぱり間違いだったんだよ。おとっつぁんは、あれだけのことをやったひとなんだから、なみの人間じゃないのさ」

「……………」

「引き取らなきゃよかったのに」

その夜、鹿十は遅くなって帰ってきた。酒の匂いがした。

「ごきげんのようですね、おとっつぁん」

と信蔵は言った。父親が本性をあらわしはじめているのを感じていた。おくにの店から借り出した金で、どこかで派手に飲んできたのだ、多分。三月間猫《みつきかん》をかぶっていたが、辛抱がきれて、はじめたというわけだ。

「おや、信助は」

「もうみんな寝ちまいましたよ。起きているのはあたし一人です」

「じゃ、おれも寝るか」

「ちょっと、坐ってくださいよ、おとっつぁん」

信蔵は強い口調で言った。鹿十は仕方なさそうに腰を落としたが、酔っているために坐りそこねて、どしんと尻から落ちた。醜態だった。

「おとっつぁんが帰るのを待ってたんだ。そう言やぁ、わかるでしょ」

「…………」

「金を何に使ったんです。伊作から二分借りたそうですね、それから今日おくにの亭主から借りた五両。それにしても初対面のおくにの亭主から、よく上手に金を引き出したもんだな。おとっつぁん、腕がいいや」

「…………」

「なんでそんなに金がいるんです。今夜のように飲むためですか」

「済まねえ」

じっとうなだれていた鹿十が、呟くように言った。

「おめえには言い辛くてよ。黙ってたんだが、借金があったのだ。昔の悪い筋の仲間に借りた金だ。この間町でばったり会って催促されちまった。返さなきゃ、この家に乗りこんでくると脅されたんだ」

「あんた、まだ昔の仲間とつながってんですかい」

信蔵は思わずぞっとして、高い声を出した。言葉が他人行儀になって行くのを、どうしようもなかった。父親がいた世界が、どういうものだったかを、はっきりと思い出していた。その世界とのつながりがまだ切れていないとすれば、こういうことはきりもない話になるのだ。借金取りなどはいくらでも現われ、やがて、この家にも住めなくなるだろう。

「もしそうだったら、悪いけど一緒には住めませんよ」

「いや、いや」

鹿十は手を振った。

「借金は、今日おくにのところから借りた金を返して、それで済んだ。もうこんなことはあることじゃねえ。おれもせっぱつまってなあ」

鹿十はうつむいた。

「おめえに言えば、この家を追ん出されるだろうし、仕方なくやったことさ。おれはこの家を出たくはねえよ。着せてもらって、喰わせてもらって、極楽だ。嫁は気だてがいいし、孫は、かわいい。有難えと思ってるぜ」

不意に鹿十はすすり泣いた。

「おれも、この年になって、また路頭に迷いたくはねえ。湯屋の釜番はもう沢山だ」

「本当に、借金はもうないんだろうね」

「ない、ない」

「もし、昔の仲間なんてひとが出て来たら、そのときは、かわいそうだとは言っていられないんだ。出て行ってもらいますよ。いいね」

「その心配はいらないよ。そいつはもう済んだことだ」

それじゃ遅いから寝ようと信蔵は言った。鹿十は腰にさげていた手拭いで、涙を拭くと肩を落として部屋を出て行った。

信蔵はあくびをしながら、二階にのぼって行く鹿十の足音を聞いていた。ひどい話だが、これで一段落ついたわけだと思った。

そのとき梯子《はしご》をのぼりながら、鹿十がひとりごとを言ったのが聞こえた。「ヘッ、それが親にむかって言う言葉かい。笑わせるぜ」と言ったように聞こえた。そら耳ではなかった。

思わず信蔵は立ち上がって障子を開けた。

しんかんと暗い梯子が二階にのびているだけで、二階にはもう何の物音もしなかった。信蔵は暗い二階を見つめた。心を占めているのは、怒りよりも恐怖だった。その闇の中に父親とは呼べない、得体の知れない男が蹲《うずくま》っているのを感じた。

五

常盤《ときわ》町の端にある縄のれんの内から、信蔵は時どき外をのぞいた。表の戸もない粗末な飲み屋は、外から暮れ近い夜の寒気がまともに入ってきて、酒を飲んでいても、思い出したように胴ぶるいが出た。

もっとも信蔵は、そんなに飲んでいなかった。道の向こう側にあるひっそりした建物を見張っていて、酔うわけにはいかなかったのだ。そこに父親の鹿十が入ってから、一刻以上たっている。そろそろ出てくるはずだと思っていた。そこは娼家で、男たちが束《つか》の間《ま》の歓楽に酔う場所だった。

借金は済み、昔の仲間とは手が切れた、と信蔵に言ったが、鹿十はそのあと数日して、茶の間の茶簞笥《ちゃだんす》のひき出しから、一分銀で二両の金を盗み、預かり物の懸け軸を質屋に持ちこんで一両の金を借りた。質屋は同じ町内の店で、鹿十の顔を知っていたので、不審に思って信蔵に使いをよこし、知らせてきた。それですぐに鹿十のやったことがわかったのである。

信蔵は、はげしく問いつめた。だが鹿十はふてぶてしくおし黙っているだけだった。前のように泣いて見せたりもしなかった。盗んだとわかっている金を、出そうともしなかった。

時どき上眼づかいに信蔵を見、信蔵が言う言葉がなくなって黙ると、ぷいと外に飛び出して行った。もう帰って来なければいい、と信蔵は思うのだが、夜遅くなると、鹿十はあつかましく酒の香を身につけて帰ってくるのだ。

家の中はめちゃめちゃになった。おなみは子供を連れて時どき実家に帰った。信蔵は慣れない手で米をとぎ、飯を炊いたりした。幸い二人の弟子は、近くの町に家があったので、そこから通わせた。掃除も行きとどかず、家の中は荒れた。

鹿十が家を出て行く様子はなかった。おなみが実家に帰ったことがわかると、その夜はどこかに泊まってくる。そしておなみが戻ってきて、飯を喰わせる人間がいるとわかると、ちゃんと帰ってきて、平気で飯を喰うのだ。

おくには一切寄りつかなくなった。信蔵は姉に相談に行ったが、姉も亭主の長吉も話を聞くと鹿十をあずかるとは言わなかった。一度だけ、姉のおしなが意見しにきたが、ただ泣き喚いて鹿十を罵《ののし》っただけで、何の効果もなかった。鹿十は、おしなが罵っている間、顔をうつむけて薄笑いをうかべていたのである。

今日信蔵は、鹿十が家を出て行く音を聞きつけると、自分もあわただしく支度をして、後をつけた。金を握って、鹿十が何をやっているのか、まだよくわからないところがあった。それを確かめるつもりだった。確かめても仕方ない気もしたが、今度は何が起こるかと思うと、不安でじっとしていられなかった。

鹿十は、亀沢《かめざわ》町の信蔵の家を出ると、二ツ目橋に出て、そのまま竪川《たてかわ》ぞいの道を真直東に歩き、大横川を渡った。年寄りとは思えない達者な足で、鹿十は元気に歩いた。

鹿十はさらに歩きつづけて、御材木蔵に近い一軒のしもた屋ふうの家に入った。黒板塀《くろいたべい》に囲まれたひっそりした家だったが、中は賭場《とば》だと信蔵は思った。信蔵はその家から少しはなれた田んぼの中の用水堀の藪《やぶ》にひそんで、鹿十が出てくるのを待った。日がとっぷり暮れるまで、何人かそぶりの怪しげな男たちがしもた屋に入って行った。賭場に間違いないと信蔵は思った。

寒い闇の中に蹲りながら、信蔵は顫《ふる》えながら一刻近くも待った。その間に、背後に月がのぼった。鹿十は、意外に早く外に出てきた。そして夕方きた道を、脇目もふらず戻って行った。

竪川を三ツ目橋で南に渡り、徳右衛門町にくると、鹿十は、そこにある縄のれんで酒を立ち飲みした。そしてすぐに店を出ると、常盤町まで来て、娼家に入って行ったのである。

信蔵は悪夢を見ているようだった。鹿十は間違いなく昔の極道者に戻っていた。本当のところは、極道者のその血は一度もおさまったことなどなく、湯屋の釜番で見つかって涙をこぼして見せたりしたのも、芝居だったのかも知れないと信蔵は思いはじめていた。

道に、鹿十が出てきたのが見えた。信蔵はあわてて勘定をはらって外に飛び出した。こんな寒い夜なのに、色町の通りにはいくらか人通りがあった。その中を鹿十は背をまるめて二ツ目橋の方に歩いて行く。

鹿十の前に、男が二人立ちふさがったのを見たのは、二ツ目橋の手前まで来たときだった。鹿十と二人の男の間ですぐにはげしい口論がはじまった。女とか、三両の金とかいう言葉が、軒下に隠れている信蔵の耳に、きれぎれにとびこんできた。

「おめえらじゃ、話にならねえや」

鹿十がタンカをきる声が聞こえた。きびきびした巻き舌だった。

「文句があるんなら、徳がじかにくるように言いな。てめえら、一体おれを誰だと思っていやがるんだ。粗末な口をききやがると、ただじゃすまさねえぞ」

男の一人が殴りかかった。だが鹿十は逃げる様子もなく、男に組みついて行った。男が悲鳴をあげるのが聞こえ、二人はもつれ合ったまま地面に転んだ。すると、見ていたもう一人が匕首《あいくち》らしい光るものを出した。

信蔵は思わず軒下から走り出た。その足音を聞いて、二人の男はすばやく逃げて行った。鹿十は立ち上がって埃《ほこり》をはらうとじろりと信蔵の顔を見た。そして、とたんにしょぼくれた年寄りの顔を作った。

「信蔵かい」

「…………」

「悪いやつにからまれてな。おめえが来なかったらひどい目にあうところだった。ありがとうよ。近ごろは江戸も物騒になっちまった。昔はこんなふうじゃなかったのにな」

信蔵が黙って睨《にら》みつけていると、鹿十は口を噤《つぐ》み、ぐあい悪そうに背をむけた。数歩おくれて、信蔵は後からついて行った。

仕事が前より減っていた。家の中のごたごたがひびいて、仕上がりが前のようでなかったり、納めの期日に遅れたりして、少しずつとくい先の信用を失っていた。おなみとの夫婦仲にもひびが入っていた。顔をあわせればとがった言葉で言い合いをし、ずいぶん前から一緒に寝ていなかった。

みんな父親のせいだった。白い月の光に照らされて、先を歩いて行くのは、信蔵の家にとりついた疫病神だった。ぴったりとりついて、離れる気配はなかった。先を行く鹿十が、気持ちよさそうに端唄を口ずさむ声が聞こえた。おそろしいものを見るように、信蔵はその背を見つめながら歩いた。

（「問題小説」昭和五十二年五月号）

告白

善右衛門とおたみが家へ戻ったのは、四ツ（午後十時）わずか前だった。駕籠《かご》は信濃《しなの》屋で仕立ててくれたのだが、善右衛門は駕籠屋に駄賃をやった。

くぐり戸から店に入ると、物音を聞きつけた女中のおはつが手燭《てしょく》を持って迎えに出た。ごくろうさまでございました。お疲れでございましょうと言って、おはつはおたみの手から風呂敷包みを受け取った。そして二人の足もとを照らしながら、先に立って茶の間にみちびいた。

かまわずに先に寝ていいと言ったので、奉公人は寝てしまって、起きているのはおはつ一人だけだった。家の中はしんとしている。婚礼のある家から戻ると、その静けさがきわ立って、わびしいほどだった。わびしいのは、娘を嫁入らせ、よその家においてきたせいもあるだろうと、善右衛門は思った。

「あ、そこ少し開けておいておくれでないか。寒くはないから」

とおたみが言った。おはつは行燈《あんどん》に灯を入れると、身軽に立って雨戸を閉めはじめていた。そう言われて茶の間の入口に戻ると、おはつはそこに膝《ひざ》をついて、すぐお着換えになりますか、それともお茶をお持ちしますかと言った。

「そうね。熱いお茶をいただこうかしら」

おはつが台所に去ると、おたみが疲れましたね、と言った。

「うむ、疲れた」

「ご気分はいかがですか」

「うむ。大丈夫らしいよ」

「そろそろ、むこうもお開きでしょうか」

「だろうな」

夫婦は短い言葉をかわし合ったが、そこで今夜の花嫁である娘を、それぞれに思いやる表情になって口をつぐんだ。

嫁入先の信濃屋は、店内《たなうち》で四谷の店と呼ばれ、いわゆる本家にあたる店である。善右衛門は、若いころそこに奉公し、やがてのれんをわけてもらっていまの店を持った。

その本店《だな》から、娘のお若を嫁に欲しいと言って来たとき、善右衛門はむろんいい縁談だと思った。いまの善右衛門の店は、難波《なにわ》町の糸屋と呼ばれて繁昌し、商いはむしろ本店の信濃屋より太くなっている。そういう意味では、本店からの縁談だからと、有難がって受ける必要もないわけだが、やはり四谷の店の信用は大きかった。派手ではないが、商いはしっかりして危なげがない。

縁談相手の佐太郎という息子も、老舗《しにせ》の商いのしつけが行きとどいている、感じがいい若者である。そういうことを、たまに四谷をたずねる善右衛門は眼にとめていた。佐太郎は、善右衛門に商いを仕込んだ信濃屋の主人の孫になる。

善右衛門は、一応女房のおたみに、伜《せがれ》夫婦をまじえて相談をしたが、誰からも反対は出なかった。お若の縁談はすらすらと決まって、今日信濃屋で婚礼が行なわれたのである。善右衛門は、近ごろふっと立ち昏《くら》みがしたりして、身体ぐあいが思わしくないので、ひととおりの祝い事が済むと、おたみと一緒に帰って来たが、倅の豊蔵と嫁は、手伝いを兼ねているので残り、今夜は向こう泊まりになるはずだった。

「あのひと、ほら芝の利助さん」

おたみは、今夜の客で来ていた顔見知りを話題にした。

「うむ」

「お前さんも年だけど、あのひとも老けたねえ。しばらく見ない間に」

「あれはいくつだ？　こうっと……」

善右衛門が天井を睨《にら》んだとき、おはつがお茶道具を運んできて、茶を淹《い》れはじめた。

「六十だよ、利助は」

と善右衛門はようやく思い出してそう言ったが、おたみはもうおはつと小声で話していた。

「今夜はおそくまでごくろうかけたからね。明日は夕方までお休みをあげますよ」

おたみは風呂敷をといて、重箱をあけ、その中から重箱のふたに紅白のかまぼこや、ピンと尾がはねた鯛《たい》などを選《よ》りわけた。

「こっちは、べつに包んで、明日家へ帰るときに持っておいでな。あとはそのままにしまっておいて」

「ありがとうございます、おかみさん」

とおはつは言った。

おはつは、二十までこの家で女中をし、鏡研ぎ職人にかたづいたが、その亭主がしたたかな女好きで、おはつと子供を残して、出来合った女と行方をくらましてしまった。おはつは子供を親の家にあずけて、またこの店にもどって来た。二十七になっていた。

いまおはつは三十二で、三人いる女中の中で、女中頭の役目をしている。浅黒いが十人なみの容貌を持ち、てきぱきとよく働く。いつまでも一人でいるのをあわれんで、おたみが時どき縁談をほのめかしたりするが、おはつはあまり喜ばなかった。よほど男に懲りたらしかった。

そのかわりに、おはつは子供をかわいがり、たまにひまをもらうと、挨拶もそこそこに飛び立つように店を出て子供に会いに行くのである。いまも茶の間を出て行くおはつの身体《からだ》には、もうその弾みがあらわれているのだった。

「お若、だいじょうぶかしらね」

お茶をすする手をふと止めて、おたみが善右衛門を見た。

「なんだね？　だいじょうぶかとは」

「だって、何も知らないねんねでしょ？」

そう言って、おたみは少し顔を赤らめてうつむいた。お床入りということを思い出した顔つきだった。なんだそんなことか、と善右衛門は言い、少しからかう口調になった。

「お前だって、来たときは何も知らなかったじゃないか」

だが夫婦はそこで口をつぐんで、言いあわせたように、暗い庭に眼をやった。

四月末の夜気は、冷たくはなかった。その中に夜の間もほぐれるらしい若葉の匂いが満ち、空気はねっとりと重い。その闇につづく遠い闇の中で、家を巣立って行った娘が、新しい世界を自分の手でつかもうとしていた。それはやはり祝福すべきことのようであったが、またどこか物がなしいいとなみのようにも思われた。

——なに、心配することはないさ。

おたみだってそんなもんだった、と善右衛門は思った。おたみは初夜の床で泣き出し、なんと言っても身体をひらかずに、花婿である善右衛門を途方にくれさせたのである。

それが三人もの子を生み、まるではじめからこの家の人間だったように、いつの間にかどっしりとこの家に居ついて、いまはもうそろそろ最初の孫を見ようという年になっている。四十を過ぎてから少し肥り出し、びんのあたりに白いものをまじえて坐っているところは、なかなかの貫禄ではないか、と善右衛門は思った。

初夜の床で泣き出すような女でも、やがて男に馴らされて、男を知り、暮らしというものを知り、その場所に根をおろして行くのである。おたみがそうだったように、お若も親が心配するほどのことはなく、やがて信濃屋の、押しも押されもせぬかみさんになるに違いない。

そう思ったとき、善右衛門は、若いころにあったある小さな出来事を思い出した。ある年の夏の終わりに、おたみがふっと行方不明になるという事件があったのである。二人が夫婦になって五年目のことで、豊蔵が四つのとき、お若も、いま佐兵衛町の木綿問屋に奉公に出してある雄助も生まれていないときである。おたみは二十二だった。

だがそれがはたして行方不明だったのか、またみんながさわぐほどの事件だったのかどうかは、善右衛門にはわかっていない。

わかっているのは、その朝おたみが風呂敷包みをひとつ持ったまま家を出て、夜になっても帰らないので大騒ぎしたという事実だけである。夜になってもいっこうに戻ってくる様子もなく、しかもおたみがどこへ行ったかは誰も知らないということがわかって、深川にあるおたみの実家に人をやって問いあわせたり、はては自身番に届けようかという騒ぎになったのであった。

だがおたみは、町木戸がしまる直前に、朝と同じように風呂敷包みを胸に抱えてもどってきたので、事件はなんとなく笑い話で済んだのである。

そのとき善右衛門は一応どこへ行ったかとただし、おたみはそれに何か言い訳をしたはずだが、それがどんなことだったかはもう忘れている。深くは詮索《せんさく》しなかったような記憶が残っている。そのころ善右衛門は店のことしか念頭になかったので、おたみのその日の奇妙な行動も、さほど心にとまらなかったのかも知れない。とにかくそれは、すぐに忘れられてしまった、小さな事件だったのである。

だが、いま四十六になっているおたみの来し方をふりかえってみると、そのときの一日だけが、異物のようにそこにはさまっている感じがするのが奇妙だった。

夫婦になって三十年近い。二人が世帯を持ったのは善右衛門が二十六、おたみが十八のときだった。それからあきあきするほど一緒に暮らし、その間おたみは小ゆるぎもしないこの家の主婦だったのだ。

だがあのときだけは違うな。あれはたったひとつ、この女らしくない出来事だったかも知れない、と考えてくると、善右衛門は思い出したそのことに、強い興味をそそられた。

「古い話だがな」

と、善右衛門は言った。おたみは、なにか自分の物思いにとらわれていたらしく、びっくりしたように善右衛門を見た。

「若いころの話だ。おまえが行方知れずになったというので、みんなで騒いだのをおぼえているかな」

「はい。そんなことがありました」

「あの日、おまえはどこへ行ったんだっけ。いや、聞いたような気もするが、すっかり忘れてしまった」

「川崎のお大師さまへ、お参りに行って来たって、言ったじゃありませんか」

「そうか。そんなふうに聞いたおぼえがあるな。だが、そりゃ嘘だろう」

「………」

「ほんとはどこへ行ったんだね。なに、問いつめてどうこうしようというわけじゃない」

善右衛門は苦笑した。

「べつに怒りはしないから、ほんとのことを言ってみなさい」

「ほんとに怒らないかしら」

おたみは、軽く揶揄《やゆ》するように言った。そしておたみは不意に赤くなった。

おや、と善右衛門は思った。おたみの身体を、変に生なましく若やいだ感じが走り抜けたように見えたのである。

「怒っちゃいやですよ」

「なにをいまさら」

善右衛門は鼻を鳴らした。

「何が出て来たって、驚く年じゃない」

「そんな大げさなことじゃないんですよ」

とおたみは言い、うつむいてしばらく黙ったが、やがて顔をあげた。

「清七さんてひとがいたでしょう。おぼえてますか」


清七が店をやめたとき、おたみは胸の中に穴があいたような気がした。そんな気持ちはすぐにおさまるだろうと思ったのだが、日がたつにつれて、胸の空虚は大きくなった。店の中が索漠として見えた。

清七は、店内のある糸屋の紹介で来た渡りの奉公人だった。渡り者だったが、そろばんも筆も達者で、そのうえ、したたるような愛嬌《あいきょう》で客をあしらうすべを心得ていた。ひとり立ちして四年しか経っていない善右衛門の店には、まだ海のものとも山のものとも知れない小僧二人がいるだけだったので、清七が来て、番頭格にうってつけの人間を得たようだった。店を清七とおたみにまかせ、善右衛門は外商いに出た。そして清七は、善右衛門の見込みにたがわず、巧みに店を切り回した。色白のきりりとした男前なので、女客が多い店に向いていた。店は善右衛門が構えていたころよりも繁昌した。

客に愛想がいいだけでなく、清七はおたみや小僧たちにも愛想をふりまいた。しじゅう面白いことを言って笑わせた。

――こんなに気さくで面白いひとはいない。

とおたみは思った。店に出て清七と一緒に働くのが楽しみだった。客が多いときは、むろん清七はおたみや小僧たちを指図して、車輪で働くし、客足が少ないときにも決してしょげたりするようなことはなかった。「お客さんが来るまじないでもやりますか」などと言って、そのまじないだという珍妙なしぐさをやってみせて、おたみたちを笑わせる。店の中はいつも明るく、活気に溢《あふ》れていた。

だが清七は、一年足らずで店を出された。わけを聞いたおたみに、善右衛門は品物と金が合わないと言ったが、おたみには信じられなかった。

清七は、しんから商いが好きなように見えた。客を相手にしているときの清七ほど、生き生きとして見えた男を、おたみは知らない。清七はおたみより三つ年上に過ぎなかったが、骨の髄からの商人だったのである。それはそばで見ていたおたみが一番よく知っている。

その清七が、店の品物や金をごまかしたりするとは思えなかった。善右衛門が払っている月々の手当ても、働きを見込んで多めに出しているはずである。悪いことをするはずがない。善右衛門の間違いではないかとおたみは思った。

そしてあるひとつの考えが、おたみの胸に宿った。清七と一緒に店にいるとき、おたみは自分がはしたないほどに笑い声を立てていることに気づくことがあった。また清七が女客を相手に相手が喜びそうなことを言い、言われた相手が、馴れなれしく清七の肩を打ったりすると、嫉妬《しっと》で胸が暗く波立った。善右衛門は、おたみのそういう様子に気づいて、おたみから清七を切り離したのではないだろうか。

そう思ったとき、おたみは一度清七に会いたい、と思ったのである。そして胸の空虚がいよいよ耐えがたいものになったとき、身の回りの物を包んだ風呂敷包みを抱えて、家を出たのである。

清七の家は、深川の六間堀の近くにあった。そこの裏店から、善右衛門の店に通っていた。おたみは新大橋を深川に渡った。不意にたずねて行っても、清七に追い返されるようなことはないだろう、と思っていた。

清七がまだ店にいた夏のある日、店に願人《がんにん》坊主が入って来た。ちょうど昼どきで、客足がとだえたので、清七は奥に飯を喰いに行っていた。

おたみは、小僧の一人に、台所に行って女中から米をもらって来るように言いつけた。そしてもう一人の春吉という小僧を相手に、やりかけの糸を選りわける仕事にもどった。

そのどこが気にさわったのかはわからない。願人坊主が怒声をあげて、いきなり杖《つえ》をふりあげておたみを打った。逃げるひまもなくおたみは打たれ、頭をかばって亀の子のように板の間につっ伏した。

そのとき、叫び声を聞きつけて奥から走り出て来た清七は、とっさに上から覆いかぶさって、おたみをかばった。清七も打たれたようだった。願人坊主が出て行く足音を聞きながら、二人はそのまましばらくじっとしていた。

橋を渡りながら、おたみはそのときのことを思い出し、顔を赤くした。

清七は留守だった。昼ごろにはもどるだろうと、隣の女房が言ったので、おたみは裏店の木戸を出た。そして東両国まで行って、そこで軽業の小屋に入った。家のことは思い出しもしなかった。

軽業小屋を出たのは、八ツ（午後二時）ごろだった。おたみは腹がすいたのでそばをたべ、清七の家にもどった。清七はまだ帰っていなかった。

朝方に顔をあわせた隣の女房が、気の毒そうな顔をして、もうそろそろだと思うから、中に入って待っていたらどうか、と言った。おたみは言われるとおりにした。家の中は、男のひとり住まいらしく、乱雑に物が散らばり、埃《ほこり》だらけだった。

おたみは箒《ほうき》を探し出し、家の中をきれいに掃除した。台所の板の間にも雑巾をかけた。そして窓ぎわの壁にもたれると、うとうとと眠った。ほんのちょっとの間だと思ったのに、眼がさめると部屋の中が暗くなっていた。清七はまだ帰っていなかった。

おたみは、風呂敷包みを抱えて外に出た。そして、また東両国まで出て、そこで飯を喰い、水茶屋に入ってゆっくりお茶を飲んだ。その間にもおたみは、清七が自分を見たらさぞびっくりするだろうと思い、そのときの様子を思い描いて胸をふくらませていたのである。

おたみが、もう一度六間堀ばたの清七の家にもどったのは、五ツ（午後八時）近い時刻だった。窓に灯の色が射し、中で人声がしている。

おたみは胸をはずませたが、人声は清七のものだけでなく、女の声もした。女が言っていた。

「とにかくそのお金だけは、ちゃんと返してくださいよ。そうでないと、あたしの立場がなくなるんだから。だらしがないったらありゃしない」

「………」

「それからあんた、あちこちで逃げ口上を言ってるらしいけど、この腹の子はまちがいなくあんたの子だからね。あたしから逃げようなんて考えたら、ただじゃすまさないからね」

おたみは、入口の戸に身体を寄せて、身じろぎもせずにその声を聞いた。それから風呂敷包みを抱え直すと、家の前を離れて歩き出した。

暗い町をいくつか通り抜けて、また東両国に出ると、今度は両国橋を西にわたった。そのころには、善右衛門のことも、子供の豊蔵のことも思い出していたが、家に帰りたい気は少しも起きなかった。人が混《こ》んでいる明るいところをさがしながら、おたみは夜の町を歩きつづけた。

「ふーん」

善右衛門はうなった。

「で、なんだ。身の回りのものを持って出たというと、家出のつもりだったのかね」

「あのひとが一緒に暮らそうと言えば、それでもいいつもりだったんですよ」

おたみはくすくす笑い、男というものを知りませんでしたからね、あのころはと言った。

「だがな、どうもわからんな。わたしという亭主がいて、子供も一人いてだ。よくそんな思い切ったことが出来たもんだね」

「そのときは、お前さんのことも豊蔵のことも、頭にありませんでしたよ。のぼせていたんですよ」

この女がね、と善右衛門は思いながら、つくづくとおたみを眺めた。見あきた古女房の姿だった。

だがこの女が、あるときあっさりと亭主と子供を捨てようとし、また二十数年もの間、そのことをひっそりと隠しておくびにも出さないで来たのだ、と思うと、何ごともない顔で冷えたお茶をすすっているおたみが、どこか薄気味悪くも思われてくるようだった。それは夫婦というものの気味悪さのようでもあった。


（「別冊小説新潮」昭和五十三年春季号）

三年目

海が近いのに、三瀬《さんぜ》は山中の宿場のように、そそり立つ山の傾斜に囲まれている。夜は山の方からやってきた。そして海が近い証拠に、海辺の方角の空がいつまでも暮れ残る。宿場が薄暗くなり、坂田屋、秋田屋、越後屋《えちご》など、おはるが働いている茶屋、常盤屋《ときわ》、その向かい角にある京夫《ごうぶ》の石塚五郎助の店などが、軒下の行燈《あんどん》に灯を入れる頃になっても、西空にはまだその日の名残りが残っていることがあった。

この時刻が、おはるは好きだった。昼のいそがしさが終わり、夜のいそがしさが始まるまでに、少し間がある。おはるたちの勤めは、立ち寄る客に茶を出したり、夜は酒を出して客の相手をするのが仕事である。客あしらいの仕事は、いそがしいときは身体《からだ》をかまっていられないほどにいそがしくなる。その日が終わって、夜おそく女中部屋に引きとると、おはるたちはお喋《しゃべ》りするひまもなく、こんこんと眠る。

ただ夕方の一刻《とき》だけ、ぽっかりと身体がひまになる。おはるたちは、その間に食事をしたり、昼前にし残した洗い物を片付けたり、客のいない店の中に坐り込んで、お喋りをしたりする。おはるは両親を早く失い、伯父の家で養われた。伯父の家は大工で、入駒屋の隣にある。真夏の暑い日など、おはるは伯父の家に走り帰って、横になって身体を休めたりした。

おはるは店の前に立って、薄暗くなった通りを眺めていた。今日が、男と約束した三年目だった。おはるの胸は朝から騒いでいたが、男は現われないまま、夜になった。黒くそそり立つ山の上に、赤っぽい色の、驚くほど大きい星が光っているが、その光は、おはるの眼に入っていない。通りには、いま宿場に着いたばかりにみえる旅支度の人間や、馬を曳《ひ》いて馬宿に行く馬喰《ばくろう》らしい男などが、影絵のように動いていた。旅支度の男をみると、おはるの胸は息苦しくなるほど早い動悸《どうき》を打った。

だが、おはるの前に立ちどまる者はいなかった。人影は、常盤屋の近くまできて、並びの秋田屋に入ったり、向かいの坂田屋に入ったり、またおはるの前を通りすぎて、越後屋や、その先の岩崎屋、三島屋、坂本屋、それに遊女屋の長嘉楼などが塊っている方に行ってしまう。そしてまた、しばらく人通りがと絶えた。

——あのひとは、来ないかも知れない。

と、おはるの気持ちは漸《ようや》く諦《あきら》めに傾いていた。来る筈がない、と二十《はたち》の分別がそなわったおはるの心は囁《ささや》く。男は、おはるが見たこともない、遠い江戸というところに働きに行ったのである。

だが、おはるの心の中には、もう一人十七の頃のままの自分が棲《す》んでいるようだった。三年待ってくれ、かならず迎えにくる、と言った男の言葉を、十七のおはるは疑うこともなく信じた。二十のおはるには、なぜ行きずりの人間に過ぎない男の言葉を信じられたかと訝《いぶか》しむ気持ちがある。

男が来なければ、幸吉の嫁になってもいいと、おはるは思っている。幸吉は幼馴染みで、馬方をしている。おはるが好きで、まだ独り身でいた。幸吉の催促を拒んできたのは、そばに寄ると馬体の匂いがする身体を嫌ったわけではない。ただ十七の年の晩夏に、あの男に出会ったときのように、火に焼かれたように心を掻《か》きみだすものがないだけのことかも知れなかった。

「やっぱり来なかったじゃないの、おはるちゃん」

不意に後ろから声をかけられた。女中仲間のおしげが立っていた。

「夢みたいな話だもんね。あんた、ほんとにそんな約束したの？」

「ほんとよ」

おはるは小さい声で答えた。おしげは越後の生まれで、おはると同じ二十だが、宿場はずれで百姓をしている家に嫁ぎ、子供が二人いる。

おしげは男のことを知っている。おしげだけでなく、五人いる常盤屋の女中たちは、みんなおはると男のことを知っていた。おしげはそういうおはるに同情していたが、ほかの女中たちは、そんなおはるを変わり者のように思うらしく、時どきからかったり、明らさまに嘲《あざけ》ったりする。

「三年経ったのね」

おしげが嘆息するように言った。

「ずいぶん待ったもんね。女の盛りのときにさ」

「………」

「来そうもないね」

おしげは平べったい顔に、眼を光らせて暗い通りを透かしてみるようにした。坂田屋でも秋田屋でも軒行燈をともして、あたりは夜の色が濃くなっていた。

「来なかったら、あんたどうするの？」

「来なかったら、それでもいいのよ」

とおはるは言った。

それならそれで悔いはないという気が、ちらとした。待ったのは約束に対する義理立てでは決してなかった。待つことは楽しかったのである。先の方にしあわせな夢のようなものが、ぼんやり光ってみえる。その光るものが少しずつ近づいてくる日々には、人の知らない充足があった。

「もうそろそろ夜のお客さんが来るよ。家に入らないと叱られるよ」

おしげは言って背を向けた。夜は酒の客がくる。飲むだけの客もあり、ここで軽く飲んで、長嘉楼に繰りこむ客もいる。

「もうちょっとだけ」

とおはるは言った。もうちょっとだけ待ってみようと思っていた。あのひとは丁度いま頃の時刻に、鶴ヶ岡の城下に通じる矢引《やびき》峠の方角から現われ、腹を病んだ青白い顔で、おはるの前に立ったのだ。それが三年も前のことだとは思えないほど、記憶は鮮明だった。

だが宿の子供が犬を連れて通りすぎ、空馬を曳いた馬子が、莨《たばこ》をふかしながら通りすぎたあと、通りはしんとしてしまった。不意に店の奥で、女たちがどっと笑う声がした。自分のことを笑っている、とおはるは思った。笑われても仕方なかった。

——あのひとは来なかった。

心の中に光っていたものが、急に輝きを失い、その後に思いがけないほど大きく虚《うつ》ろな気分がひろがり始めるのを感じながら、おはるは俯《うつむ》いて道に背を向けた。のろのろと軒をくぐろうとしたとき、その肩を不意に背後から摑《つか》まれた。

振り向いたおはるの眼の前に、男が立っていた。店の中から射す光が男を照らしている。頰がくぼみ、眼が鋭く、長い旅に日焼けして悴《やつ》れていたが、男の顔は三年前よりも精悍《せいかん》な感じがした。

「どうにか、間に合ったようだね」

と、その男、清助は江戸弁で言った。歯が白く光り、男が笑ったのがみえた。いつの間にか、涙が頰を伝っているのをおはるは感じた。

「思い直した方がよくはないのか」

舟を漕《こ》ぎながら幸吉は言った。朝の光が、山の緑を照らし、海を照らしている。海は手を入れれば指が染まりそうに青かった。風はないが、海の上はもう秋のように涼しい。

「一ぺん断わったんだろ。だったら何も後を追っかけることはないだろうが」

「………」

「なに笑ってんだい。笑ってる場合じゃないだろ？　清助なんて男は、江戸で何をやってるか知れたもんじゃない。女郎に売りとばされても俺は知らないぜ」

清助は帰ってきたが、迎えに来たわけではなかった。もう三年待ってくれ、とおはるに言った。おはるは十七の時のように待つとは答えられなかったのである。だが一晩眠らずに考えた末、このまま別れたら一生悔いが残るという気が強くした。清助が泊まった入駒屋に駆けつけたとき、男はもう早立ちしていなかった。おはるは幸吉に頼んで、小波渡《とば》まで舟で送ってもらうことにしたのである。笠取峠、八森山《はちもりやま》を越えてくる清助を、小波渡の砂浜で摑まえることが出来ると思っていた。もちろん、そのまま一緒に江戸に行くつもりである。江戸で働けばいい。

——これがあたしの運命なのだ。

とおはるは思った。もともと清助が矢引峠を越えて三瀬に来たのが、運命に似ためぐり合わせだったのだ。清助は江戸に奉公に行く途中だった。普通鶴ヶ岡から江戸に行くには、最上川に出て、羽州街道、奥州街道を迂回《うかい》し関東に出る。越後路を行く場合も、田川街道を南下して木ノ俣、小国《おぐに》を経て小名部《おなべ》へ行くか、小国から海辺に出るかである。鶴ヶ岡の人間である清助が三瀬を通ったのは、たまたま彼を江戸に連れて行く親戚《しんせき》の者が温海《あつみ》に住んでいたからである。だが清助は腹を病んで三瀬に三晩も泊まり、おはると知り合った。

「でも、あのひと約束を守ったのよ」

「お前は、ばかだ」

幸吉はぐいぐいと櫓《ろ》を漕ぎながら罵《ののし》った。

（「グラフ山形」昭和五十一年八月号）

鬼

一

サチは川べりで洗濯をしている。

川は領内を南から北に流れ下る。サチの村のあたりで、川幅は五間ぐらいになり、ゆったりと流れる。水源は南に重なり合う山の、その肩の間に険しい山相をみせている麻耶《まや》山だという。

洗濯をしている場所は、蛇籠《じゃかご》の下手で、川の中に三分の一ほど突き出した蛇籠の下手は、水流が淀《よど》み、青々と深い場所と、盛り上がった砂地で深くなった場所に分かれている。浅瀬の水は足の踝《くるぶし》までしかない。透明な水が底の砂地のいろを見せている。

洗いものがひと区切りつくと、サチは水を掬《すく》い上げて、汗ばんだ顔を洗った。十月も半ばだというのに、温かすぎる日射しだった。日射しは川波をきらきら光らせ、浅瀬の水の中に射し込んで、砂地に波紋を刻む。

顔を洗うと、サチは水に顔を映してみた。サチは十八である。若い。だが水面に映っている顔は醜かった。

サチは不器量である。並みはずれて不器量だと言ってよい。子供のときから、仲間に鬼っ子とはやされて泣いた。髪はちぢれた赤毛で、鼻だけはちんまりとかわいいが、唇はそり返ったように大きい。円い眼をし、眉毛が黒々と太く眼にかぶさっている。この円い眼に太い眉が迫っているあたりが、鬼を連想させるのである。

父親の紋作も醜男《ぶおとこ》であるが、娘の不器量には手を焼いている。十八の今日になるまで、婿のなり手がひとりも現われないからだ。サチとひとつ違いの妹のフミは、去年隣村に嫁に行った。フミは幸いに母親似で、尋常な顔立ちをしている。

「おらよかったなっす。父ちゃんに似ねえでよ」

とフミは口癖に言っていた。確かにサチの不器量は父親譲りだった。ぎょろりとした眼、太い眉は、紋作の場合一種の迫力を生むが、サチはこのために、いまでもひそかに太郎兵衛の鬼と言われる。太郎兵衛はサチの家の屋号である。小作百姓だが、暮らしに困るような家ではない。それでも婿のなり手は現われなかった。

焦った紋作があちこち仲人を頼んで廻るが、頼まれた方が二の足を踏む。婿どころか仲人のなり手を探す始末である。

田畑の行き帰りに、母親に手をひかれた子供に会う。子供はサチをみると、無邪気に、

「あ、鬼」

と叫ぶ。母親はこれ、とたしなめながら、サチに向かって無理に作った笑いをむける。サチは深く頭を下げ、顔をそむけて通りすぎる。サチの心は、こうした扱いに慣れることが出来ず、そのたびに深く傷つく。歩きながらサチは涙をこぼしている。

こうして、ひとりで洗濯ものをしているときほど、サチの心が穏やかに和むことはない。川の音が鳴り、川下の砂州でチッチッと鶺鴒《せきれい》が鳴く。

サチは水面に石を落として、醜い顔を映した鏡を割る。腕をまくり上げて、また洗濯ものにかかる。

不意にゴツンという大きな音がして、サチは驚いて腰をのばした。サチは円い眼をさらに瞠《みは》る。蛇籠に川舟が一艘《そう》ひっかかっている。乗っている人は見えない。

——綱が切れて流れて来たんだろうか。

と思い、サチは恐る恐る蛇籠をのぼって、舟の中を覗《のぞ》いた。川舟の底に男が一人寝ている。

「わ、鬼だ」

自分のことを棚に上げて、サチは小さく叫んだ。胸が轟《とどろ》いた。舟底に寝ている男は、異様な姿をしている。髪が乱れて顔まで垂れ下がり、髪に隠れて、眼は見えない。高い鼻、大きな唇が血の気を失って蒼《あお》ざめている。頬と頸《くび》に血糊《ちのり》が乾いてこびりつき、右手には抜き身の刀を握っていた。血は刀にもこびりついている。袴《はかま》をつけた武士だった。

——死んでいる。

サチは後ずさった。体が細かくふるえた。父親に知らせなければならない、と思った。サチが体の向きを変えたとき、後ろで声がした。

「おい、娘」

キャッと叫んで、サチは蛇籠の石の上に坐り込んだ。振り向くと、半身を起こした武士が、舟べりに手をかけて、力なく笑いかけている。

「手を貸せ。腹が減って動けん」

男の笑いは、サチの懼《おそ》れを消した。動悸《どうき》がゆるやかに納まって行く。サチは立ち上がって、舟に近寄った。

「おら、死びとだと思ったどれ」

手を貸して、武士が蛇籠の上に体を移すのを手伝いながら、サチは言った。

武士は、ふ、ふと空気が抜けたような笑いを洩らしたが、

「このままではまずいな」

と呟《つぶや》いて、舟を流れの方に押した。サチも手伝い、舟を押すと、空舟は流れに乗り、みるみる川下の方に流れて行った。

「お前はこのあたりの者か」

と武士が言った。並んで立つと大きな男である。サチは男の胸までしかない。日焼けした顔は、疲れのためか血の色を失っていたが、大きな眼鼻、大きな口が男らしい立派な武士である。年は三十ぐらいに見えた。

「それ、危ねがら、しまってけらっしゃい」

サチは武士が提げている刀を指さした。

「お、そうだな」

武士はしゃがみ込んで、川水でザブザブと刀を洗うと、袴で丁寧に水気を拭い、鞘《さや》に納めた。

「お前にちと、頼みがある」

と武士が言った。

「…………」

「二、三日かくまってもらえんか」

「かくまえって？」

「人に追われている。お前の家は百姓家か。どこかに隠れる場所があるだろう」

サチは男の顔を見上げた。男は微笑した。

「心配ない。ご城下から逃げてきたが、人殺し、物盗りというわけではない」

武士は、指を立て、口を開いてどう言ったらいいかと思案する表情になったが、

「つまり、侍同士の争いだ。悪い奴が追いかけてくるのだ」

サチはうなずいた。二、三日なら、父親にも黙ってかくまってもいいと思った。大きな体をした武士が、いま自分を頼りにしているようなのが快かった。それにこの人は、あたしの顔をみても、別に驚いたりはしなかった。

「いいべ」

とサチは言った。

「隠しておいてやるっす」

「飯も頼むぞ」

「解ったす」

「村の者には言うなよ」

「解ってるす。父ちゃんにも言わねっす」

蛇籠から土堤《どて》に上がるときも、武士はサチの手に縋《すが》った。かなり体が弱っているようだった。武士に手を貸し、体をささえながら、サチはふと、傷ついた大きくておとなしい動物を庇護《ひご》しているような気がする。

二

男たちは五日目の夜にやってきた。

夜、荒々しく戸を叩く音に紋作が出てみると、四、五人の侍が立っていたのである。サチは紋作の後ろから覗いた。男たちは、白い布で襷《たすき》をかけ、鉢巻きを締めている。明るい月の夜で、男たちの表情がよくみえた。

「大きな体の侍を見かけなかったか」

と頭株らしい武士が言った。

「いやー」

と紋作は首を振った。

「では、この川を侍が乗った川舟が下るのを見なかったか」

「いやー、見ながったなっす」

と紋作は答えている。サチは胸が苦しいほど騒ぐのに耐えている。

「確かに見ていないな」

頭株は念を押して、言葉を続けた。

「六日前の夜、御城下から男がひとり逃げ出した。重罪人だ。榎並《えなみ》新三郎という侍だ。目立つほどの大男だから、見ればひと眼でわかる」

「……………」

「血で汚れた川舟が、この川下の棚田村で見つかった。われわれは大目付支配の者で、榎並を探していた。川舟で逃げたのを知らなかったのはうかつだったが、これで奴の足どりが知れた。舟が流れついた場所から推して、このあたりにひそんでいることは間違いない。その者を見つけた場合はもちろん、どこぞでかくまっている噂《うわさ》を聞いたら、すぐに村役人に届けろ、いいな」

「心得だす」

「言っておくが、かくまったものは同罪だぞ。ほかの者にも言っておけ」

男たちは緊張した表情のまま、一斉に軒先を離れて行った。間もなく少し離れた隣の林作の家の戸を叩く音が聞こえた。

「おっかねえ話だ。さあて、寝るべか」

紋作は欠伸《あくび》をして、寝間に入って行った。母親のおこのと話す声がする。おこのは稲上げが済んだあと、持病の神経痛が出て寝込んでいる。

両親の話し声を、サチはじっと耳を澄ませて聞いた。やがて紋作のいびきが聞こえ、おこのの長い欠伸が聞こえた。

サチはそっと台所に下りた。音がしないように飯櫃《めしびつ》をあけ、手早く握り飯をつくった。野良仕事のとき、水を詰めて行く竹筒に味噌汁を入れ、竹の皮に漬物を包んで持った。土間に下り、ゆっくり戸を開けたてして外に出る。月明かりで明るい庭を横切り、サチは稲倉に入った。

稲倉の中は闇で、サチは眼が慣れるまで、しばらく戸のそばで立ち止まった。やがて土間に置いてある臼《うす》、箕《み》、板壁にぶら下がっている鍬《くわ》、鎌、蓑《みの》、笠などがぼんやりと見えてきた。板壁は隙間だらけで、その隙間から、細い月の光が射し込んでいるのも見えてきた。

稲倉の左手は板敷きで、ここにはこの間稊《と》り入れが済んだばかりの稲が積んである。サチは奥に進んで、持ってきた食い物を土間に置くと、稲束を三丸《まる》ほど抜いて、土間におろした。稊り入れのとき、百姓は田で稲束を背負いやすいかさに括《くく》る。その大束をひと丸、二丸と呼ぶ。三丸の束を抜くと積み上げた稲の壁にぽっかり穴があいた。

サチはそこから中に潜り込んだ。

「お武家さん」

とサチは呼んだ。

そこは三畳ほどの空間になっている。サチが稲丸を積み変えて作った場所である。サチが呼ぶと、足もとの藁《わら》がざわめいて、かぶっていた蓆《むしろ》の下から、大きな体が半身を起こした。

「腹が減った」

と、武士は言った。いつも腹が減っている人だ、とサチは思う。すると、やはりこの大きな体の武士が、自分がひそかに飼っているおとなしくて体の大きい動物のような気がしてくる。

「喰べてけらっしゃい」

サチは蓆に坐った武士の前に、持参した喰べものを置いた。ものも言わずに、武士が握り飯を貪《むさぼ》り喰っているのを、サチは満足した表情で見まもる。

二、三日かくまってくれと言った武士が、五日たってまだいるのは、ここへ連れてきた日の夜から熱を出して寝込んだためである。調べると背中に一カ所、太腿《ふともも》に一カ所刀傷があった。サチは紋作が買い置いた焼酎《しょうちゅう》をくすねてきて傷口を洗い、塗り薬で手当てした。二日ほど、武士は小さい呻《うめ》き声を立てて蓆の下にもぐっていたが、三日目には熱が下がり、顔色もよくなった。

「うまい」

舌つづみを打って喰い終わると、武士は言った。

「これでどぶろくの一杯もあれば、言うことなしだな」

ぜいたくなことを言うと思い、サチは返事をしなかった。こうして親に内緒でかくまい、喰べものを運んでくるだけでも、サチは細心に気を遣い、一日に何度も飛び上がるほど胸を痛めるのである。母親は寝ているから安心だが、紋作は何も知らずに、日に二度も三度も稲倉に出入りする。

いまは畑作ものの穫り入れにかかっているがそれが終わると、父親は脱穀にかかる。少しずつ稲の山が崩されて籾《もみ》になり、ある日最後の稲束が崩されたとき、そこに髭面《ひげづら》の大男が、胡坐《あぐら》をかいているなどということになったらどうしようとサチは思う。

——一体このひとはいつまでいるつもりだろうか。

と、サチは少し腹立たしい気分になる。サチの気持ちの中に、少し意地の悪い感情が動く。だしぬけに言ってやった。

『今夜、お武家さんが五、六人きたっけす。お前さまのことを聞きさきたのんたなれ」

「なに」

はたして武士は飛び上がった。すばやく隅に置いてあった刀をとりあげて、中腰になる。

「そうか、ちくしょう。やっぱり嗅《か》ぎつけて来たか。それで奴らはどこにいる」

「心配いらね」

サチは武士の狼狽《ろうばい》ぶりを憐《あわ》れむように、落ちついて言った。

「何にも気がつかねえでよ、みんな帰ってしまったどれ」

「そうか。しかしそれにしても、いよいよ危なくなってきたな」

「お前さまは榎並新三郎という人だべ」

「そうだ。連中が言っていたか」

「重罪人だから、見つかったら届けろってよ。一体どげな悪いことしたどれ?」

『悪いことはしとらん」

榎並はむっつりとした口調で言った。

「川上の方で一揆《き》があったのを知っているだろう。氷《ひ》川《かわ》郡の五カ村が騒いだ事件だ」

「ああ、今年の春の話だべ」

氷川郡は、山間の村々の集まりで、地味の瘦《や》せた土地柄である。大道《だいどう》川と呼ばれ、このあたりの広大な田畑を潤おす川も、川上では麻耶山が押し流してくる雪解け水が、文字どおり氷のように冷たい。田植えの時期は遅く、僅かに春先の天気が狂うと不作になった。

川上の八カ村は、これまでも凶作のたびに騒ぎが起きている。今年の春は雨が降り続き、来る日も来る日も降り続く冷たい雨の下で苗はいっこうに育たず、やがて黄ばんで苗田の中で枯死した。暮らしに怯《おび》えた百姓は、備荒籾の下げ渡し、年貢の免除を城に強訴したのである。八カ村の百姓は、手に手に鍬、鎌を持ち、蓆旗を押したてて城下に押し寄せ、大騒ぎになったのだった。

「あれは、わしがやらせたのだ」

と榎並新三郎は言った。

「百姓の窮状をみながら、藩では何の手も打たん。しかもその上に、だ。氷川郡五カ村の年貢は僅か一割引と決めて、あとは頬かむりだった」

ひそかに事を運んで一揆は成功したが、最近になって、首謀者の中に郡奉行《こおりぶぎょう》配下の榎並新三郎が入っていることが知れた。大目付支配の探索方に襲われた新三郎は、斬り抜けて城下を遁《のが》れたのである。

「捕れば切腹ものだ。へたすると磔《はりつけ》かな」

サチは賛嘆の眼で新三郎をみた。

「かくまってやんべ」

サチは上ずった声で言った。

「お前さまは百姓の味方だもんなれ。おら、命に代えてもかくまってやんべ」

「めんこい女子だ」

新三郎は手をのばして、サチの体を引き寄せた。食欲が足りて、別の欲が頭をもたげたあんばいだった。

「あれ、ま」

サチは本能的に手を突っぱって抗《あらが》ったが、新三郎の大きな手が少し力を入れると、小柄なサチの体は、すっぽりと新三郎の胸の中に入ってしまった。

噎《む》せるような男の体臭の中で、サチは惑乱しながら、切れ切れに囁《ささや》いた。

「やめてけろ。おら、父ちゃんに叱《ごしゃ》がれる」

新三郎は無言だったが、手はマメに動いて、早くも瓜のようなサチの乳房を引っぱり出している。サチは一層惑乱した。

「おら、みっともねえ顔ばしてるし」

「なに、そんなことはない。ぽちゃぽちゃして、かわいい娘だ」

新三郎は励ますように言い、乳房を吸った。サチの体を無数の火が走り、その衝撃のためにサチはのけぞった。衝撃の中で、サチは幻のように、男鬼に抱かれた、ももいろの肌をした女鬼をみた。

四半刻《とき》後、サチは家に戻った。音を立てないように慎重に戸を開け、閾《しきい》をまたいだ。

――さっき家を出るときと、おら変わってしまったな。

とサチは思った。一カ所痛みを残した体は、まだ微《かす》かに戦《おのの》いている。その痛みが、誇らしい気もする。

――おら大人になった。

とサチは思った。家の奥から、紋作の大きないびきが聞こえている。

三

はっと気がつくと、後ろに母親のおこのが立っていた。

「何してんなだ、サチ」

おこのは眼を瞠って言った。サチは半分握りかけた飯を手にしたまま俯《うつむ》いた。

今日は朝から間が悪かったのである。朝飯は、紋作が朝草を刈りに出た後で、隙をみて届けた。しかし畑の芋掘りに、紋作は昼飯を持って行くと言い出した。サチの家の畑は、家からかなり離れている。紋作は芋掘りを日暮れまでに片づけてしまいたい腹だった。

父親がそう言えば、一緒に行くサチも昼飯を持っていかなければならない。畑で、サチは紋作と一緒に昼飯を喰ったが、新三郎のことを考えると気が気でなかった。

八ツ（午後二時）過ぎに、サチは父親に、腹が痛むから家に戻って熊の胃を飲んでくる、と言った。紋作は舌打ちしたが、サチが本当に痛むような表情を作ってみせると、あわてて早く行って来いと怒鳴った。

家に駈け戻ると、サチはおこのが寝ているのを確かめてから、台所に入ったのだった。

「なじょするつもりだ、その握り飯《まま》」

おこのの表情も言葉も険しくなった。

「昼飯は持って行ったべ。誰さ喰《か》せんなだ？」

言ってから、おこのははっと息を呑んだ。昨日も今日も、御城下から来た侍たちが、家をのぞいて行った。あの男を、まだ見かけないか、と言い、土間まで踏み込んで家の中をのぞいて行ったのである。

おこのは膝《ひざ》を折って娘のそばにしゃがんだ。

「サチ、お前まさか」

おこのは娘の顔をのぞいた。

「その何とかというお侍を、どっかさ隠してるんでねえべな」

まさか、そんなことはしねえべ、と念を押そうとして、おこのはあんぐり口を開けた。

サチの眼から、涙がこぼれ落ちている。

「父ちゃんば連れてこい」

おこのは顫《ふる》え声で囁いた。

「おらではわがんね。父ちゃんば早く呼べハ」

「この握り飯、やってからでいいべ」

とサチは言った。サチの心の中には、それを知ったときの父親の激怒に対する恐怖が波立っているが、その恐怖も、腹を空かしている新三郎への心配を消してはいない。

「それどころでなかっぺ」

おこのは思わず声を荒げたが、すぐに不安そうな表情になった。

「どこさいんなだ？　そのひと」

「稲倉の中さ」

「あやー」

おこのは絶句し、恐怖で表情を白くした。

「心配ねえべ、母ちゃん」

サチは、少し誇らしげに言った。

「悪い人でねえどれ。おらだち百姓の味方したから、追《ぼ》われてんだってよ」

新三郎に昼飯を与えてから、サチは畑に行った。そのときには度胸が決まって、サチは紋作に事情を打ち明けた。

聞き終わると、紋作はとりあえず物も言わずに娘の頬を一発張ったが、さすがに男で、事の重大さをひしと受け止めた顔色になった。おこののように、くどくどと事情を聞かずに、声をひそめて、

「とにかく去《い》んでもらえ」

と言った。それから腕組みして思案する表情になったが、

「暗くなってからがええべな。誰にも見られねえようにして、去んでもらえ」

と言った。それから、道理で近頃屋敷うちに野糞が多いと思った、と呟いた。

「だけんどよ父ちゃん」

サチは張られた頰を撫《な》でながら言った。

「いまは危ねえべ」

「なじょしてだ」

「御城下から来たお侍がよ、名主の長左衛門に泊まっているべ。もしもよ」

サチは、畑に来るまでに、みちみち考えながら来た思案を口にした。

「あの人が稲倉を出てよ、家の近くで捕ったら、おらだは同罪だべちゃ」

「クソあま！」

紋作は、あたりの人影を窺《うかが》い、声をひそめてサチを罵《ののし》ったが、顔色はますます沈痛になった。ついに途方に暮れたように言った。

「なじょしたらえがっぺな、サチ」

「少し様子を見るべよ、父ちゃん。そのうちにゃお城の侍たちも帰《けえ》んべし、それから去んでもらえばええべ」

サチは主導権を握ったように言ったが、不意に、

――そうなれば、あのひとはやはり行ってしまうのだろうか。

と思った。すると、胸がしめつけられるように淋しくなった。家の中に大ものが隠れている。それが気になって仕事にならないといった様子で、紋作が芋掘りを切りあげたので、二人は連れ立って家へ戻った

秋の末の日足は短く、野を染める日射しはもう赤味を帯びていたが、まだ仕事を切りあげる時刻ではない。紋作はあちこちで、畑に出ている村の者に声をかけられた。

「もう上がりかなっす」

「あいよ、仕事の切りがええもんでなっし」

そのたびに紋作は、声を張りあげ、日頃見せたこともない愛嬌《あいきよう》顔を振り向けたが、通りすぎると、すぐ打ちひしがれた表情になって、サチにもひと言も口を聞かなかった。

家の前の小流れで手足を洗い、家に入ろうとすると、土間におこのが立っていた。

「父ちゃん」

おこのは顫える声で言った。

「なじょしたらよかっぺ。おら怖《おつかな》くって、怖くってなし。さっきから体の顫えがとまらねえのよ」

おこのはすすり泣いた。しッと紋作は言った。それから漸《ようや》く家長の威厳をとり戻したように、重々しい声で言った。

「騒ぐな。誰にも覚られちゃなんねどれ。ほとぼりがさめたら、去んでもらうべ」

紋作とおこのは、顔をならべて恐ろし気に稲倉を眺めた。

ひとりサチだけは幸福だった。

――まだ、しばらくはあのひとと一緒にいられる。

と思った。稲倉は、そこに大男が隠れているとは思えないほど、夕日の中にひっそり建っている。

四

「おい、サチ」

橋を渡ったところで、馬を曳《ひ》いている六助に声をかけられた。六助は二十二で、名主の長左衛門の雇い人である。きりっとした顔立ちの、いい男だ。その上いい喉《のど》を持っていて、夏の盆踊りのときなど、惚《ほ》れぼれとするような唄を聞かせる。

当然女子《おなご》にもてる。彦造の家のさなえ、佐治郎の家のおしげなどと浮き名を流している。サチからみると高嶺《たかね》の花といった感じがする。声をかけられたことなどない。

六助は橋袂《はしたもと》にある馬洗い場で、馬を洗ってきたらしく、鹿毛《かげ》のたくましい馬体が、つややかに濡れている。

サチは立ち止まった。

「おめえ、この頃少し色っぽくなったなっす」

六助は玄人が道具を鑑定するような眼で、じろじろとサチの体を見廻した。

「そんなこと、なかっぺ」

とサチは答えた。サチの気持ちには余裕がある。この体は、ゆうべも新三郎にほめられたのだ。

「不思議だなれ。確かに色っぽくなったどれ」

六助の眼に、不意に好色な光が動いた。

「どうだ。今晩河原に出て来ねがっす」

「おしげに叱られっべ」

サチは軽く突き放した。そういう自分にサチは驚く。だが冷静な眼に、六助の色男ぶりがひどく軽薄に映る。

「そうか」

六助はすぐに興醒《ざ》めた顔になって言った。

「鬼も十八だなれ」

サチは軽い微笑を投げて、馬の脇をすり抜ける。六助の嘲《あざけ》りはサチの気持ちを傷つけていない。そのことに、サチはまた驚く。

その夜、飯を喰い終わったあとで、新三郎は当然のようにサチを抱いた。サチも当然のように抱かれた。

抱かれながら、サチは体が鳴るような感覚をおぼえている。これまで感じたことがない歓びが体を襲ってきていた。サチは声を挙げた。

「いつまでも、いてけろ」

サチは呟いた。激しい波に運ばれたあとの、安息の時間の底で、サチは新三郎の裸の胸に寄りそい、眼をつぶっている。

「そうもいかん」

「なじょして?」

「警戒が解けたらしい。明日の夜、ここを立つ」

「え?」

サチは眼を開いた。聞き間違いかと思った。

「明日、去んでしまうながし?」

「そうだ。そなたには世話になったな」

胸をいじりにきた新三郎の手を払って、サチは起き上がった。

「まだ、お城の役人が……」

「それが、もうおらん。四、五日前から、わしは夜更けに名主の屋敷に忍んで調べていた。連中は離れに寝泊まりしていたが、昨夜引き揚げた」

「………」

「どうやら諦《あきら》めてくれたらしい」

新三郎は大きな欠伸をした。

「助かった」

「………」

「これで、お前の家も厄介《やっかい》払いが出来るというわけだ」

ちがう、とサチは強く思った。顫える声で訊《たず》ねた。

「ここを去んで、どこさ行かっしゃる？」

「どこというあてはない。とりあえず国境を越えて他国へ出るが、あとは解らん」

不意にサチは暗黒をみた。新三郎のいない日々は考えられなかった。いずれ出て行く人だと思わなかったわけではない。だが別れがこんなにすげない顔で訪れるとは考えなかった。

「行かねえでけろ」

サチは呟いた。すると、悲しみがこみあげてきた。声を立てないで、サチは涙を流した。

「行かないで、どうする？　いつまでもここにいるのか」

「はい」

「だが、そういつまで隠れているのは窮屈でかなわん」

「おらの家の人になって、働けばええべ」

「そいつはいい」

新三郎は言ったが、明らかにからかう口調になっている。

「サチの婿にでもなるか」

「…………」

「だが、わしは百姓仕事は嫌いだ」

「でも、お前さまは百姓に味方したべ」

「それとこれとは話が違う。ま、それは勘弁してくれ」

絶望がサチを打ちのめした。もう一度肩に伸びてきた新三郎の手を振り切って、サチは立ち上がり身じまいを直した。さっきまで誇らかにさらした裸を包み、帯を締めたとき、サチはそこに屈辱を包み込んだような気がした。

稲倉を出ると、サチはそこに立ち止まった。打ちのめされた心の中で、何かぜひともしなければならないことがあるような気がした。その気持ちを探りとるために、サチはじっと立ち続けた。

城から急行した探索方の侍十二名が、紋作の家の稲倉に踏み込んだのは、翌日の七ツ時（午後四時）である。

刀を振りかざして稲倉から飛び出してきた榎並新三郎と、追いすがる武士との間で激しい斬り合いになった。

新三郎が振りおろす豪剣は、容易に相手を寄せつけず、探索方の武士は五人まで手傷を負って倒れた。だが長い斬り合いのあとで、新三郎に疲労が訪れた。

斬り込んだ一人の太刀先を躱《かわ》したとき、盛り上がった土に足をとられて、腰がくだけた。すかさず背後から二人が組みつき、あとは折り重なるようにして、新三郎を縛りあげた。

紋作もおこのも隣家に逃げたが、サチは家の軒先から斬り合いの始終を見ていた。新三郎が縛られると、サチは放心したように口を開いた。新三郎の運命が、そこで窮まったのを見たのである。

――でも、この方がいい。どこかに行かれるよりは、死んでもらった方がいい。

と、サチはまた思った。サチは今朝城まで走ったのである。城の役人には、かくまったとは言っていない。新三郎がゆうべ来たと告げた。

「サチ」

新三郎の声がした。地面に組み伏せられたとき、擦りむいたらしい顔の傷から、血が糸を引いている。

「世話になった」

新三郎は微笑した。その微笑は、サチの心を引き裂いた。舟で流れてきて、サチに助けを求めたときの、新三郎の姿がくっきりと甦《よみが》えってきた。

――もう助けてやれない。

サチの眼から、涙が溢《あふ》れた。

「さ、行くか」

新三郎の声がひどく遠く聞こえた。

淡い光の中を、サチは歩いている。蛇籠のある場所に真直きて、しばらく放心したようにそこに蹲《うずくま》ったあと、サチは立ち上がって、川べりを下手の方に歩いている。

川瀬の音がする。そこは浅瀬になっていて、白い砂州のまわりに水がざわめいている。

「おら、やっぱり鬼だど」

サチは小さく呟《つぶや》いた。また涙がこぼれた。

歩いて行くと瀬の音は次第に遠ざかり、川は石垣に、低く呟くような音を立てるだけになった。もう少し行くと深い淵《ふち》がある。水は蒼黒《あおぐろ》く、そこで渦を巻いている。底を見たものは誰もいない。

持ち続けられないほど、重い悲しみを抱いた人間が、何人かその淵の底に入って行った。サチの行く場所はそこしかない。

力ない日暮れの光に照らされて歩いて行くサチは、憂いを抱く若い鬼の女房のように、可《か》憐《れん》にみえる。

（「週刊小説」昭和四十九年七月二十六日号）

桃の木の下で

一

六騎町に入ってすぐに、五ツ（午後八時）の鐘を聞いた。

家へ戻るのが、意外に遅くなったようである。志穂は気がせいた。夫の鹿間《しかま》麻之助は、このところ連日帰宅が遅い。城内で相談ごとがあるといい、城を下がってからもほかに寄ってくるようだった。帰りは大がい五ツか、五ツ半（九時）で、ときには酒気を帯びて四ツ（午後十時）過ぎに帰る夜もある。

しかし、昼過ぎに本家筋の鶴谷家から使いがきて、家を出たとき、志穂は遅くとも暮れ六ツ（午後六時）までには戻るつもりだったのである。予想外に遅くなったのは、帰ろうとしたとき、亥《い》八郎《はちろう》が城を下がってきて、その部屋でまたひとしきり話し込んだせいであった。亥八郎は父の鶴谷治左衛門が三年前隠居したあと、四百二十石の鶴谷家を相続し、小姓組に勤めている。志穂より三ツ年上の二十一で、まだ妻はいない。

道をいそぎながら、志穂は亥八郎のことを思い出していた。たわいもない雑談だったが、その記憶が、志穂の中に軽い酩酊《めいてい》のような気分を残している。

志穂は小さいときから亥八郎と気が合った。祝言だ、法事だと親戚《しんせき》が寄り集まるようなとき、子供たちも大勢集まったが、志穂はそこから抜け出して、亥八郎と二人だけで遊ぶのが好きだった。鶴谷家の菩提寺《ぼだいじ》である宗助町の禅興寺には、見事なつつじの植え込みがある。

その陰で、二人だけで地面に図を描いたりして遊んでいると、志穂は二人が大人たちの眼から遁《のが》れて、遠い秘密な場所にきてしまったような気がした。

その気分には微《かす》かな恐怖と罪悪感が混じっていて、志穂はそのことに満足し、ことさら声をひそめて亥八郎に話しかけたりした。

ある時期、自分は亥八郎の嫁になるのだ、と信じて疑わなかったことがある。だが少女の時代が終わり、多少世の中が見えてきた頃に、その気持ちはなんとなく曖昧《あいまい》なものに変わり、曖昧なままに、志穂は十六になった時、家中の鹿間麻之助に嫁入った。子供はいないが、もう二年経っている。亥八郎に会うことも、稀《まれ》になっていた。

今日会ったのは、ほぼ一年ぶりだった。亥八郎は相変わらず長身で痩《や》せていたが、細身のその身体《からだ》が、鍛え上げられた強靭《きょうじん》な力を秘めていることを、志穂は人に聞いている。亥八郎は小姓組に勤めながら、城下で直心影流を教授する半田道場で、筆頭の位置にいる剣士として知られていた。明るい物言いも、以前と少しも変わりなかった。

亥八郎をみると、志穂はふと眩《まぶ》しいような気分に襲われる。もう妻の座におさまってしまった自分にひきくらべ、亥八郎は、これから耀《かがや》くような人生が始まるのだという気がする。

「縁談が、沢山おありなんでしょ?」

そう訊《き》いたとき、志穂はなんとなく妬《ねた》ましいような気分を味わっていたのである。

「さよう、自薦他薦といろいろあるようだな」

亥八郎はのんびりと言った。

「まあ、自薦などと？」

志穂は眼を丸くした。

「どなたですか？」

「沼田の妹など、俺があの家に行くと妙な眼で俺をみる。扱いも極上でな」

亥八郎は澄まして言った。志穂はかっとなった。思わず叱りつけるような口調で言った。

「沼田の早苗《さなえ》さまなど、おやめあそばせ」

「ほう、どうしてだ」

「あの方は、凱風亭で茶の湯がありましたとき、お行儀が一段と悪うございました」

亥八郎は苦笑した。

「笑いごとではありませぬ。殿方などというものは、存外女子のことを見抜けないものです。お気をつけあそばせ」

そう言ったとき、三つも年下なのに、志穂はなんとなく、世間馴れない弟を説教している姉のような気分になっていたのである。

暗い道を歩きながら、志穂はあのときはどうしてあんなにいきり立ったのだろうと思った。するとひとりでに顔が赤らんでくるようだった。いまも、亥八郎が好きなのかも知れないと思ったのである。

だがそう思う気持ちの底に、ゆとりがあった。既婚者のゆとりのようなものである。亥八郎を好きなのかも知れないと思い、あたかも仇《あだ》し男との逢瀬《おうせ》を終わって帰る女のように、自分を思いなす空想を、志穂は楽しんでいた。それが空想にすぎない証拠に、もう帰っているかも知れない夫を案じて、足はひどく急いでいる。

志穂が、不意にその足を止めたのは、六騎町と筬《おさ》町の境目まで来たときだった。前方の闇で刀を打ち合う音がし、入り乱れて人が争う気配がした。志穂は半ば本能的に行動していた。道脇に生垣が続いているが、樹並びが雑だった。初め垣根の下に蹲《うずくま》ったが、そこに潜《くぐ》れるほどの隙間を見つけると、小柄な志穂は機敏に潜り抜けて庭に入りこんだ。

入り乱れる足音はまだ続いて、刃が触れ合う硬い金属の音が耳に刺さってくる。そしてやがて人が斬られた気配がした。人が発するとは思えない恐ろしい唸《うな》り声がし、その声は不意に断ち切られたようにやんだ。

――とどめを刺した。

志穂はぞっとした。武家の娘に生まれ、小太刀の遣い方も多少の心得はある。万一の場合の武家の女の作法はひと通り心得ているつもりだったが、実際に斬り合いに遭遇したのは初めてだった。身の毛がよだつような恐怖が、志穂を包んでいる。

足音がした。同時に背後の家の小窓が明かるくなった。路上の物音を怪しんで、その家の者が外に出てくる気配だった。仄明《ほのあ》かりが障子を通して、志穂の頭越しに路上に流れるのと、足音の主が垣根の外を通りかかったのが、ほとんど同時だった。

闇から姿を現わしたのは、二人の男だった。二人の男のうち、背の高い男が、突然の明かりに驚いたように、一瞬窓の方を振り向いたのが見えた。男はすぐに顔をそむけ、足早に光を横切って闇に消えた。もう一人の男は、俯《うつむ》いたままで、長身の男の陰にいて、姿かたちがはっきりとは知れなかった。

背後で戸を開く音がしたとき、志穂は垣根を潜りぬけて路《みち》に出ていた。六騎町は武家屋敷だけの町であるが、箆町は商家が混じっている。しかし、このあたりは家中屋敷がかたまっている場所で、志穂が潜りこんだ家は、家中の者の家のようだった。恐らく家の中から刀の音を聞きつけて、外を調べに誰かが出て来ようとしているらしかった。

志穂は垣根に沿って、その家の角をすぐ右に曲がった。家に帰るには少し遠回りになるが、真直行けば、多分死体にぶつかると思い、それを避けたのである。志穂は、半ば走るように道をいそいでいた。

大いそぎでその場所から遠ざかったのは、かかわり合いになるのを恐れたのであるが、それだけではなかった。志穂の胸には、大きな驚きが隠されている。

闇から現われて、志穂の眼の前を通り過ぎた二人の男が、路上の斬り合いにかかわりがあることは疑う余地がなかった。とどめを刺した、と志穂が判断した直後に、その方角から足音が聞こえ、男二人が姿を現わしたのである。もし人が死んだのであれば、志穂は下手人を見たことになる。しかも、不用意に窓明かりを振りむいた男の顔を、志穂は見ている。

志穂が驚いたのは、その男が知っている人間だったからである。男は徒目付《かちめつけ》をしている夫の同僚、溝口藤太に紛れもなかった。溝口も夫と同様、大目付本田佐久摩の支配下にいる徒目付で、これまで二、三度志穂の家を訪ねてきたことがある。薄明かりの中だったが、見間違えるわけはなかった。

代官町にある家までたどりついたとき、志穂は喉《のど》が異様に渇いて、出迎えた女中のおつるの挨拶に返事も出来ないほどだった。

夫はまだ帰っていなかった。志穂はほっとして台所に行くと、思うさま冷たい水を飲んだ。そうすると、いくらか気分が落ちついてくるようだった。おつるに、もう寝るように言い、着換えて茶の間に坐ると、改めてさっき出遭った異様な出来事が胸を騒がせてきた。早く夫が帰ってくれればいいと志穂は思った。いまにも玄関に溝口藤太の声がしそうで落ちつかなかった。

麻之助が帰ってきたのは、四ツ(午後十時)過ぎである。よほど忙がしい仕事が重なっているらしく、麻之助は疲れた顔色をしている。麻之助は固肥りの体質で、頰のあたりもふっくらとしているが、その頰から顎《あご》にかけてまばらに髭《ひげ》が伸び、皮膚の色が青ざめている。

「お食事は？」

後ろに回って、着換えを着せかけながら、志穂は訊いた。

「済ましてきた。茶を頼む」

麻之助は簡単だが丁寧な口調で言った。麻之助は早く父を失い、母親の手で育てられた。躾《しつけ》が厳しかったらしく、妻に対しても、慇懃《いんぎん》な態度を崩さないところがある。母親は志穂が嫁入ってくる前年病死していた。

「今日、鶴谷まで参りました。実家の兄夫婦のことで話があるというので呼ばれましたので」

「ふむ」

と言ったが、麻之助は興味もなげな表情だった。志穂の実家矢代家は、母の登紀が亡くなったあと、めっきり身体が弱って、床につくようになった父にかわって、兄の幸右衛門が家督を継いでいるが、夫婦仲が悪いことで親戚中の心配の種になっている。幸右衛門は勘定方に勤めているが、城下の商人たちとのつき合いが多い。町で旦那衆と呼ばれる男たちと、茶屋酒を飲むなどという場合が、しばしばある。もちろん幸右衛門にとっては、それも勤めのうちなのだが、妻女の淑江が嫉妬《しっと》深い女で悋気《りんき》する。そのあたりが初まりで、淑江はたびたび実家に帰ったりし、揉《も》めごとが絶えないのである。

そんなこともあって、志穂はここ三月ほど実家に顔を出していない。鶴谷の家に呼ばれたのは、やはり兄夫婦の話だったが、夫に聞かせたい話ではなかった。それに、志穂にはすぐ話さなければならないことがある。

「ところが、帰り道で、恐ろしい目に遭いました」

と志穂は言った。麻之助は、茶を啜《すす》りながら、黙って志穂の顔を眺めている。

「人が斬られたらしゅうございますよ」

「………」

麻之助は、茶碗を口から離して、初めて表情を動かした。

「人が斬られたと？」

と言ったが、志穂は少し自信を失った表情になった。実際に眼で見たわけではない。だが、あの時の恐怖は、まだ生々しく胸に残っている。

「はい、あの……」

「見たのか」

「はい」

「暗くて、しかとは見えませんでしたが、確かに人が斬られる物音を聞きました」

「本当なら容易ならんことだが……」

麻之助は首をかしげて呟《つぶや》いた。

「町方の者の喧嘩《けんか》か」

「いえ」

志穂は、薄明かりの中に一瞬浮かんで消えた、溝口藤太の顔をありありと思い出していた。

「武家の斬り合いでございますよ。わたくし、斬った人を見ました。一人は溝口さまでございました」

「おい」

麻之助は狼狽《ろうばい》した表情になった。

「めったなことを申すな」

「確かでございますよ」

「まあ待て。明日になればわかることだ。だが、お前が言うようなことが、よしんばあったとしても、見たなどと人には申すな」

「まして溝口を見たなどと申してはならん。よいか」

「………」

二

半田道場は、八幡神社裏にある。神社の境内を半ば取り囲むようにして池があるのは、境内が昔の城跡だからである。三代目の諦山公が慶長の昔、いまの場所に城を移し、跡に八幡神社を祀《まつ》った。壕跡《ほりあと》の周辺に、そのとき植えた梅と桃が、そのあとも続いて見事な梅林と桃の木の樹林になっている。

梅の花はとっくに散って、小さく青い梅の実が新葉の間に見え隠れするだけだが、桃の花は、いまがさかりだった。池のほとりに、ところどころ茶店があるのは、この八幡神社を中心にした一帯が、町の者の散策の場所になっているからである。

志穂は茶店の縁台に腰をおろして、そこからみえる半田道場の入口を見ていた。時どき稽古を終わった三、四人連れが門を出てきて、茶店に駈け込んでくるが、亥八郎の姿はなかなか現われなかった。

夫にあのことを話してから、十日ほど経っている。そしてその間に、志穂が見たのは、間違いなく家中の者の斬り合いだったことが判明している。斬られたのは、郡代配下の穂刈徳之丞という武士だった。このことは、すばやく城下の評判になったが、斬った相手は、斬り口からみて武士らしいという噂《うわさ》が伝えられるだけで、それが誰かは、調べにあたった大目付の方では、まるで見当がついていないようだった。

　斬られたのが穂刈だと解ったとき、夫の麻之助は、

「お前がみたのは、本当だったたな」

　と言った。だが続けて、下手人の一人が溝口だというのは信じられないが、秘《ひそ》かに調べているところだと言い、

「ただの喧嘩とは思えん節がある。裏に面倒な事情があるようだから、あの晩のことは他言してはならん」

　と改めて釘《くぎ》をさしたのだった。

　夫に釘をさされたとき、志穂は黙ってうなずいたが、何となく釈然としない気分が残った。夫が、自分の言ったことを、あまり信用していないらしい気配が感じられたからである。夫にしてみれば、同僚がどういう事情であれ、人を斬って口を拭っているなどということは信じ難いのかも知れないと思ったが、あの時の顔が溝口藤太だったという志穂の確信は揺がなかった。

　志穂の口を封じたまま、麻之助はそれきりそのことについては何も言っていない。麻之助はもともと温和だが無口な性格である。志穂はその後の経過を、おして聞くようなことはしなかったが、何となく物足りない気分で日を過ごした。

　そして二日前、奇妙なことが起こった。その日、志穂は禅興寺に墓参に行った。赤児で死

んだ弟の命日だったのである。採めごとが絶えない実家では、赤児の命日などを思い出しもしなかったとみえて、墓は荒れたままだった。志穂は墓の回りの草を抜き、持って行った線香をともし、花をそなえた。

墓地はゆるい傾斜の、丘の中腹にある。墓参りを終わって、志穂はゆっくり下り道を降りてきた。道は途中から薄暗い杉林になって、寺の三門脇に出る。

足もとが滑らないように、俯いて歩いてきた志穂は、明るい日射しが溢《あふ》れている墓地から、暗い杉林に入ったとき、不意に眼が眩《くら》んだようになった。

同時に異様なざわめきを頭上に聞いた。志穂が、頭上から襲ってきたものから逃げられたのは、少女の頃に仕込まれた小太刀の修練が、まだ身体の中に生きていたためであったろう。

身体を投げ出すように、斜め前方に転がったとき、地響きを立てて杉の大木が道を叩いていた。埃《ほこり》が舞い、小石が飛んで志穂の身体に当たった。跳ね起きて、志穂は杉林の中を眼で探ったが、小暗い樹間にひっそりと丈の低い灌木《かんぼく》が見えるだけで、ものの動く気配はなかった。

志穂は道を塞《ふさ》いでいる杉の木をみて、改めてぞっとした。荒々しい樹皮に包まれた幹は、志穂の胴ほどもあって、逃げるのが一瞬遅れていれば、その下で潰《つぶ》れ死んだに違いないと思われたのである。

だが志穂が血が凍る思いをしたのは、杉林に踏み込んで、倒れた杉の根元に回ってみたときだった。木は枯れて倒れたのではなく、ほとんど皮一枚を残す程度に切り込まれていたのである。切り口はまだ新しく、木挽《こび》きが仕事をした後のように、地上に木屑《きくず》が散らばっている。指一本で押せば倒れるように、細工してあったのだと思われた。

——そして、誰かが押したのだ。

と志穂は茫然と立ちながら思った。そう思ったとき、志穂は杉林から飛び出していた。走るように、ゆるやかな坂を降りながら、志穂は左右から次々と杉の木が倒れかかってくるような恐怖に襲われていた。

だが、その恐怖を夫は理解しなかった。志穂の訴えを聞き終わると、

「それはお前の思い過ごしだ。誰もお前の命など狙いはせん。おそらく木挽職人が、仕事を途中にして飯でも喰いに行ったのだろう」

と言った。麻之助は苦笑していた。

「例のことは、誰にも話していないだろうな」

「はい」

「それではお前を狙う理由など、何もない」

でも、と言いかけた志穂を押さえるように、麻之助は、

「しかし危なかったな」

と、ひと言慰めただけだった。

鶴谷亥八郎に打ち明けようと決心したのはこのときだった。墓地で、命を狙われたという

志穂の直感は動かなかったからである。そしてそれは、あの夜の斬り合いに偶然立ち合ったことにかかわりがある。

　だが、夫の態度には、志穂の言い分を信用していない素振りが混じる。溝口を見たことすら、全面的には信じていないように見えた。徒目付は、大目付の下で家中の非違を探るのが役目である。夫の温和な性格の中には、意外なほどしたたかな、人を信じない性癖がひそんでいるのかも知れなかった。

　亥八郎に話そうと思ったのは、亥八郎なら信じてくれると思ったわけではない。恐怖からだった。誰かに話さなければいられない恐怖が、志穂の胸に巣喰っている。そして話すとすれば、亥八郎しかいなかった。

　また二人、道場から出て来た若者が茶店に入ってきた。二人は餅菓子を注文し、立ったまま、手づかみで喰っている。大きな口を開けて菓子を頬張りながら、二人はときどきちらりと志穂の方を眺める。志穂は知らないふりをして、澄まして表をみている。だが心は苛立《いらだ》っていた。

　亥八郎が道場から出てきたのは、二人の若者が無躾な視線を志穂に浴びせながら立ち去った後だった。

　志穂はあわてて茶店の者に金を払うと、亥八郎の後を追った。亥八郎は茶店の方は見向きもせず、大股《おおまた》に池の端を神社の横手の方に歩いて行く。長身の肩が、そびえるように遠ざかるのに、志穂は小走りに駈けて、漸《ようや》く追いついた。

「や?」

亥八郎は眼を丸くした。

「これは鹿間の若奥さま。散策か」

「そんな、のんきなことではありませぬ。お話があって、あなたを待っていたのですよ」

「これは、これは」

亥八郎はひょうきんな口調で言ったが、眼は注意深く志穂に注がれていた。

「何か火急の用か、志穂どの」

「はい。お話したいことがあって、お家へ参りましたら、今日は非番で、道場だと聞いて回ってきました」

「立ち話はまずいな」

亥八郎は眉をひそめて言ったが、不意に白い歯を見せて笑い、冗談を言った。

「そうかと言って茶屋の奥に引っぱり込むのは、なおまずいか」

八幡神社の前には、茶屋が三軒ある。そこには芸や身体を売る女たちがいて遊客の相手をしたが、奥座敷は、また男女の密会にも使われる。だが志穂はそういう事情は知らない。

「わたくしはどちらでも」

と言った。すると亥八郎はあわてて手を振って、ここでいいと言った。

桃の花が、微かな匂いをこぼしている樹のそばで、志穂はこれまでのいきさつを話した。

亥八郎は、志穂が話す間、ひとことも口をはさまず黙って聞いた。

話し終わると、亥八郎は初めて口を開いた。

「この話を、ほかに誰かに喋《しゃべ》ったか」

「いいえ」

志穂は首を振った。

「あなたのほかは、夫に話しただけです」

「はーん」

亥八郎はうなずいた。

「鹿間どのか。それは当然だな」

亥八郎は首をひねって考え込んだが、やがて重い口調で言った。

「このことは、誰にも話してはならん。いいな」

「はい」

と言ったが、志穂は不満だった。亥八郎も夫と同じようなことを言うと思ったのである。

「ま、調べてみんことには何とも言えんが、仮に命を狙っている者がいるとしても、今日明日また襲ってくるということはあるまい」

亥八郎は、漸くいつもののんびりした口調に戻って言った。

だが志穂は、何となく亥八郎に見離されたような気がして、気が滅入《めい》った。話せば気が軽くなるだろうと思っていたが、そういうことはなく、恐怖は澱《おり》のように気持ちの底に沈んだままだった。

そして亥八郎が言った予想ははずれて、志穂は帰り道で刺客に襲われたのである。

三

亥八郎との話が意外に長びいて、志穂が寺町にさしかかったとき、あたりはいつの間にか薄暗くなっていた。

左右に、薄闇に溶けようとしている、長い海鼠塀《なまこべい》を見たとき、志穂はふといやな予感が身体を包むのを感じた。人通りは全くない。高い壁の向こうにある寺の建物は無気味なほど静まりかえって、志穂は自分の下駄の音におびえた。

――遠回りでも、にぎやかな町家の方から帰ればよかった。

ちらと後悔が頭をかすめたとき、背後から風が襲ってきた。反射的に塀に貼《は》りついて風をやりすごした。向き直ったとき、眼の前に刀を構えた敵がいた。羽織、袴《はかま》で小柄な男だったが、顔は黒い布で包んでいる。

――あの男だ。

下駄を脱ぎ捨て、帯から抜きとった懐剣を構えながら、志穂は思った。溝口藤太と一緒にいた男である。あのときこの男は溝口の陰にいて十分には見えなかった。しかし後で考えたとき、志穂はあのとき溝口がいやに長身に見えたのは、一緒に歩いていた男が、よほど背が低かったのだろうと思ったのであった。溝口はそれほど背が高い人間ではないのだ。

――男たちは、あの夜わたしが居合わせたのを、見たのだろうか。

志穂の頭の中で、火花のような思考が点滅したとき、男が斬り込んできた。辛うじて志穂が逃げ、勢いあまった男の切先が塀にあたってかちと鳴った。逃げたが、志穂は塀から離れなかった。ぴったりと塀を背負っているのが、男の斬り込む勢いを殺《そ》いでいる。

男もそのことを覚ったようだった。青眼の構えから、不意に真直胸を突いてきた。小柄な男の身体が、山がそびえるようにかぶさってくるのを感じた。躱《かわ》すひまはない。志穂は短い気合いをかけ、僅かに身体をひねりながら、懐剣で相手の切っ先を弾《は》ね上げた。だがその瞬間、手首に鋭い痛みが走った。構えをたて直しながら、志穂はふと心に滑り込んでくる絶望をみた気がした。

「おい」

不意に声がした。覆面の男はすばやい足どりで二、三歩後にさがった。声がした方をちらとみたが、ふと身をひるがえして走り去った。黒っぽいその姿は、たちまち薄闇にまぎれて見えなくなった。

「大丈夫か、志穂どの」

声は亥八郎だった。志穂は一度に全身から力が脱《ぬ》けるのを感じながら、地面に坐り込んだ。

「どうも心配でならんから、後を追ってきたらこの始末だ」

見上げるような長身が近づいてきて、ぐいと志穂を抱き上げた。抱かれるままに、志穂は亥八郎の胸に寄りかかった。意外にぶ厚い胸だった。足はまだ立つ力がなく、立とうとすると爪先《つまさき》まで顫《ふる》えが走った。

「奴ら、どうしてもあんたを消してしまいたいらしいな。はて？」

亥八郎は首をひねった。

「どこで、誰に見られたか、だ。筬町と六騎町の境目で、この臀《しり》が……」

亥八郎は無遠慮に志穂の臀を撫《な》でた。

「もぐれるほどの粗末な垣根というと、松波仙助の家だ。庭に入ったのを見られたかな」

「………」

「ま、いい。調べれば解ることだ。や？」

亥八郎は志穂を抱いたまま、片手で志穂の右手をつかみ上げた。

「怪我したな」

亥八郎は、眼を近づけて傷を吟味したが、不意に傷口に舌を当てた。痛みと一緒に、鋭い快感が身体を走り抜けるのを、志穂は感じた。志穂は思わず熱い息を吐いて、亥八郎の胸に顔を伏せた。

「ふむ、大した傷ではない」

やがて亥八郎は手を離してそう言ったが、不意に深々と志穂の身体を抱き直した。そのまま時間が経った。こんなことをしていてはいけないと志穂は思い、いつまでもこうしていたいと一方で思った。罪悪感のなかに喜びがあった。小さい頃、禅興寺のつつじの花の陰で、人の眼を遁れて亥八郎と遊んだときのことを思い出していたが、いま志穂を襲っている罪の意識と恍惚《こうこつ》感は、もっと鋭く眼がくらむような光をともなっている。

「どうだ、歩けるか」

亥八郎が、手をゆるめて優しく言った。志穂は黙ってうなずくと、亥八郎の胸を離れて蹲り、懐剣の鞘《さや》を探した。

家の近くまで亥八郎は送ってきた。

「当分家を出ないで、引き籠《こも》っている方がいいな」

と亥八郎は言った。

「おそらく連中はあんたを見張っているのだ。今日も池のそばで話しているところを、見られていたとしか思えん」

「………」

「調べがついたら連絡する。それまで家を出るな」

「そう致します」

「どうも鹿間の家に縁づけたのは、間違いだったようだ」

最後の言葉は呟きだった。志穂にはその呟きが亥八郎が、自分に対する気持ちを告白したように聞いたが、聞こえなかったふりをした。ここまで歩いてくる間に、志穂の気持ちは立ち直っている。志穂は、いま寸分の隙もない人妻に戻ったことを感じていた。亥八郎の呟きは気にならなかった。

だがその夜。やはり遅く戻ってきた夫に、刺客に襲われたことを話したとき、志穂は亥八郎に会ったことを隠した。これまで夫に隠しごとをしたことはない。その気持ちの怯《ひる》みから、志穂の話しぶりはしどろもどろになったが、麻之助はそれを、志穂の気持ちが動転しているためだと取ったようだった。

「一人で外に出てはならん」

と麻之助は言った。

「今度はわたくしの話を、信じていただけましたか」

「信じないわけに行くまい。刺客が斬りかかってくるなどということは、あの件とのつながりとしか考えられん」

「………」

「よし。溝口め、必ず尻尾《しっぽ》をつかんで見せるぞ。こうなっては、こちらも手加減はしておられん」

麻之助は、こめかみに青黒い筋を浮かせて言った。憤りを含んだ眼で、志穂を睨《にら》むようにしている。夫の珍しく憤った顔を見ていると、志穂は不意にさっき亥八郎に抱かれたことが、鋭く心を苛《さいな》んでくるのを感じた。

四

亥八郎から手紙が来たのは、五日後だった。文面は簡単で、火急の用がある。手紙がつき次第、先日会った八幡裏の桃の木の場所まできてもらいたい、と書いてあった。使いは顔も知らない町人だった。

調べがついたのだと思った。時刻は七ツ半（午後五時）を回ったところだったが、志穂はためらいなく身支度を調え、おつるに後を頼んで家を出た。

一日中曇っていた空は、夜になって晴れるらしく、西の方の空に赤味がさしている。晩《おそ》い春の、生あたたかい空気が、志穂の頰を撫でた。

寺町を通り抜ければ近道だが、そちらに向かう気はしなかった。志穂は筬町から六騎町を抜け、柳町のにぎやかな町通りに出た。日が暮れ落ちる前の一刻を、人々がせわしなく往《ゆ》き来《き》し、物売りが甲高い声で客を呼び続けている。

柳町から市場町を抜け、八幡神社に近づいたところで、志穂は立ち止まり、髪をなおした。あたりはもう薄闇に包まれようとしていたが、気にならなかった。心が微かに弾んでいるのを志穂は感じる。この五日の間に、志穂は寺町の暗がりの中で、亥八郎に抱きすくめられたときのことを、反芻《はんすう》するように何度も思い返していたようである。

――あの人は、いったいどういうつもりであんなことをしたのだろうか。

その答えは、志穂にはわかっている。だが危険な蜜《みつ》の匂いがするその答えは、決してあからさまに答えられてはならないのだ。志穂は同じ問いだけを、幾度も自分の心に問いかけ、それだけで戦《おのの》いてくる心を楽しんで日を過ごしたようであった。

薄闇は怖くはなかった。むしろ甘美な匂いがした。志穂は池に沿って、少し下りになっている道を桃の木の方に進んだ。

池のほとりの樹林の中で、その桃の木は目立つほど大きく、枝は地上まで垂れ下がっている。木の下に男が立っていた。

「亥八郎さま?」

志穂は声をかけた。男の顔はおぼろな輪郭しか見えない。ただ手招きしたのが見えた。志穂は小走りに駈け寄った。

「あいにくだったな。わしだ」

迎えた男が言った。笑いながら立っているのは、夫の麻之助だった。

志穂は茫然と立ちすくんだ。混乱が志穂の身体を金縛りにしていた。どうして、ここにいるのが夫で、亥八郎でないのだろうか。

「驚いたらしいな」

麻之助は腕組みを解いた。もう笑いは消えて刺すような眼つきだった。

「手紙はわしが届けさせた。だがお前がくるかどうかは半信半疑だったのだが、お前はやってきた。覚悟は出来ているだろうな、志穂」

「……………」

「夫でもない男の手紙に誘われて、この時刻にこんな場所にやってきた。不義の事実は明白だ。八幡様の前には茶屋もある。そのあたりにしけ込むつもりでやってきたか」

麻之助は下品な言葉を使った。日頃無口な男が、憑《つ》かれたように能弁だった。

言いのがれが難しいのを志穂は感じた。そして、そう疑われても仕方がない感情が、自分の中にある、と志穂はぼんやり思った。

「この間、鶴谷とお前が、この場所で話しこんでいるのを見たものがいる。前まえからおかしいと思っていたのだ。まんまと罠《わな》にかかったな、売女《ばいた》め！」

「お待ち下さい」

弾かれたように、志穂は言った。

「亥八郎さまにお会いしたことを、黙っていたのは悪うございました。しかしこれにはわけがございます。決してあなたさまにやましいようなことはしておりません」

「言いわけなど、よせ。志穂」

冷たい口調で麻之助が言った。

「ここへやってきたことで十分だ。成敗する」

麻之助の手が腰に行った。その手に、志穂は夢中で飛びついた。

「申しあげることがございます。お聞きくださいませ。そのあとで、どのようにもして頂きます」

「未練な真似はよせ。お前はどうせ生きてはおられん女だ」

麻之助が冷酷な声で言い、志穂を振り放そうとしたとき、薄闇の中に笑い声がひびいた。

「何者だ」

麻之助がきっとなって声の方を振り向いた。暗がりから、ぬっと近づいてきたのは、亥八郎の長身だった。

「本音を吐いたようだな鹿間」

と亥八郎は言った。

「亥八郎さま」

志穂は亥八郎に駈け寄った。無言で、その身体を背後にかばいながら、亥八郎は続けた。

「それにしても、うまくお膳立てしたものだ。そうでもしなければ、自分の女房はなかなか斬りにくいだろうな。姦夫姦婦か。どうする？　四つに重ねて斬るか」

「…………」

「無駄だ。刀など抜かん方がいい。貴公らの企《たくら》みはすべて露《あら》われてしまったぞ。溝口、堀井は、さっき大目付の手で捕えられた。溝口は切腹をはかったが、死に切れなかったようだな。郡奉行《こおりぶぎよう》多賀勝兵衛も、間もなく捕まる筈だ」

「…………」

「見ろ。あれは貴公を捕えにきた人数だ」

提灯《ちようちん》が三つ、飛ぶように池の向こうから近づいてくる。

「くそ！」

不意に麻之助の身体が跳躍した。抜き打ちに亥八郎に斬りかかったのである。亥八郎は躱しもしないで、すばやく抜き合わせていた。二人の男が、鍔《つば》ぜり合いから一瞬飛び離れ、睨み合いに入ったのを、志穂は桃の木の下に逃げて、茫然と見つめた。

探索方の者らしい男たちが十人ほど、提灯を高くかかげて斬り合いを見守っている。

何が起きたのか、志穂にはまだ呑みこめていなかった。不義の疑いで夫に成敗されるのだと思った恐怖は、一転して疑惑に変わっている。亥八郎が言っていることは、夫に自分を殺す必要があって、不義にかこつけて斬ろうとしたとうけ取れる。そんなことがあるのだろうか。企みとは何のことだろう。

激しい気合いが聞こえ、志穂ははっと眼を挙げた。麻之助はまだ闘っていた。粘っこい剣の使い方で、ほとんど亥八郎と互角に闘っているように見える。志穂は眼を瞠《みは》る思いだった。夫が剣の巧者だなどということを、聞いたことはなかった。

——あの人がどういう人なのか。わたしは何も知っていない。

そんな気がした。亥八郎の方が、志穂にはむしろよく見える。二年近い夫婦の暮らしというものを、志穂は夢のようにおぼつかないものに思った。

亥八郎の鋭い気合いがひびき、続いてどっと人々がざわめいた。そのざわめきの中で、夫の手から飛んだ刀が、地面に落ちて鳴ったのを志穂は聞いた。

麻之助を囲んだ探索方の者たちが遠ざかるのを見ながら、亥八郎は襟《えり》もとを直し、ゆっくり志穂に歩み寄ってきた。亥八郎は、まだ荒い呼吸をし、汗が匂った。

「手強《てごわ》かったぞ、おたくの旦那」

と亥八郎は言った。

「神道無念流のようだったな。江戸詰の間に岡田十松門に通い、免許に近いところまで行った者が、藩内にいると前に聞いたことがある。あるいはそれが鹿間だったかも知れんな」

「鹿間のことは、もうよろしゅうございます」

と志穂は言った。起こったことの異常さが、まだ志穂を混乱させている。

「わけをお話し下さいまし」

「元凶は郡奉行の多賀だ」

と亥八郎は言った。

昨年の暮れ赤山通北郷組の百姓から、一通の訴状が提出された。訴状は代官、郡奉行を経ないで、直接郡代の安田善右衛門に届けられた。訴えの中味は、秋の作毛の検見《けみ》に不正があり、これをもとに年貢を定められては、民百姓の困窮は眼に見えているので、お調べ願いたい。またこの検見によって、一部の百姓は逆に肥えふとっている。明らかに不正が行なわれたと見られるので、この点もお調べ願いたいというのであった。

北郷組は二十三カ村の集まりである。郡代の安田は、月番家老の葦沢《あしざわ》内記に相談すると、直ちに調査に手をつけた。配下の穂刈徳之丞をひそかに北郷組に潜入させて、実情を探ると同時に、葦沢家老から大目付の本田佐久摩に対し、郡奉行多賀勝兵衛、代官江尻門蔵の身辺を調査するよう命じてもらったのである。北郷組はこの二人の支配に入っている。多賀は赤山通を取り締まり、江尻は北郷組の検見の責任者であった。

北郷に潜入した穂刈は、冬の間に組内の百姓約三百人に会い、事情を聞くとともに、収穫された籾《もみ》の出来ぐあい、田圃《たんぼ》の地味などを詳細に調べ上げ、三月の初めに城下に戻った。しかし膨大な報告の文書をまとめ上げ、郡代に提出する寸前に、穂刈は殺され、報告文書は穂刈の家から持ち去られたのであった。

一方多賀と江尻の身辺の調べは遅々として進まなかった。

「進まないのは、あたりまえの話でな。本田の命令を受けた溝口と鹿間が、多賀に抱き込まれていたのだ」

と亥八郎は言った。

「穂刈を斬ったのは、あんたが見たとおり、溝口と、奴の配下で堀井という男だった。寺町であんたを襲ってきたのが堀井だ」

だが大目付の本田にも油断はなかった。溝口、鹿間の仕事が異様に遅いと感じたとき、すばやくもう二人の配下を調べに投入していた。本田佐久摩は、このとき昔から伝えられてきた非常の手段を使ったのである。後任の二人を使ったことを溝口、鹿間には知らせないで、郡奉行、代官の調べと併行して溝口、鹿間の両人をも監視させる方法だった。

後から調査に入った国友という大目付配下が、今日溝口の家の天井裏から、穂刈の北郷組内検分書を見つけたのである。

「連中は志穂どのに見られたことが解ると、消しにかかった。あんたを消してしまえば、証拠は何もないと思ったらしい。だから焼きもしないで、穂刈の書いたものを隠しておいたのだろう」

「…………」

「国友というのが、俺の道場仲間でな。俺が話しに行ったときは、もう溝口と鹿間が怪しいという証拠をかなり握っていたようだ。二人は最近ひんぴんと郡奉行に会っていたそうだ。

夜遅く人に隠れてな」

志穂は、夜遅く疲れた顔色で帰ってきた夫の姿を思い出していた。

「国友に、俺が何を話しに行ったかわかるか」

「いいえ」

「鹿間が、穂刈暗殺に関係していると言ったのだ。だから鹿間、溝口を調べろ、とな」

「まあ」

「志穂どのが狙われたのは、あの夜溝口たちを見たからだ。このことを誰に喋ったかといえば、旦那以外にない。俺も聞いたが、墓地の一件は、俺が聞く前に起こっている。俺は筬町の松波仙助の家もあたってみたが、あの家では何も見ていなかった。庭まで出てみただけで、五、六間先に死体が転がっているのも知らないで家の中に入ってしまったそうだ」

「…………」

「穂刈という人は大変な人物らしいな。昨年の検見で、一部の富農が得をし、多くの百姓が逆に高い年貢を納めなければならないようになっている仕掛けが、検分書にちゃんと理詰めにまとめてあるそうで、富農と郡奉行、代官が結託した不正だということが、一目瞭然だそうだ」

「夫は初めからわたくしを斬ることに同意したのでしょうか」

「さあ、それは解らんが、結局やむを得んという心境だったのでないかな。何しろたった一人の証拠人だ。放っておけば、自分だけでなく、代官、郡奉行にまで累を及ぼしかねないからな」

「…………」

「今日は悪い予感がしてな。勤めを休んで、志穂どのの家を見張っていたのだ。疲れたぞ」

志穂は、不意にむなしい気分につかまれるのを感じた。夫が落ちて行った穴は、志穂には想像もつかないほど、暗くて深いものだった。それを知りもしないで、夫婦だったといえるのだろうか。

ふと、悋気《りんき》病みの実家の嫂《あね》がうらやましい、と思った。始終喧嘩《けんか》しながら、兄夫婦には子供が五人もいる。

「どうする？」

と亥八郎が言った。

「処分がどう決まるかは知らんが、鹿間の家はまず改易はまぬがれんぞ」

「…………」

「もっとも鹿間の家がどうなろうと、もう志穂どのにはかかわりがないか。命を奪おうとした旦那に操を立てる義理もあるまい」

「…………」

「家へくるか。そうしてまた嫁に行くもよし……」

亥八郎は志穂の手を探ってきた。暖かく大きな掌だった。

「俺の嫁になるもよし、だ。例の話だが、どうもあまり目ぼしいのがおらんのでな」

どうする？　と志穂は自分に問いかけた。闇の中に、桃の花が匂っている。

（「週刊小説」昭和五十年三月二十八日号）

小鶴

一

神名《かんな》吉左衛門の家の夫婦喧嘩《げんか》は、かいわいの名物だった。

かいわいだけでなく、そのことは城中にも聞こえて、吉左衛門は上司の組頭兵頭弥兵衛に、数度したたかに叱責されている。むろん武士の体面にもとるというわけである。

「恐れいりましてござる」

吉左衛門は神妙に詫《わ》びるが、組頭の叱責の効果はたかだか数日ぐらいしかもたず、またぞろ神名家からは激烈な喧嘩の声が外まで洩れ、道行く人が立ちどまって聞き惚《ほ》れているという始末だった。

武家の家だから喧嘩が全くないなどというわけはない。それぞれにやってはいても、誰しもが、外には洩れないように気を遣うのだ。神名家の喧嘩には、この気遣いがない。長屋の夫婦が摑《つか》みあいの喧嘩を演じるのに似た声が、塀《へい》の外まで筒抜けにひびく。

誰と誰が喧嘩しているかははっきりしている。神名家には吉左衛門と妻女の登米《とめ》しかいない。通いの婆さん女中がいるが、これは吉左衛門の癇癪《かんしゃく》声をまともに浴びたら、その場に卒倒もしかねまじい、青ぶくれた顔をした女である。

「おのれ、そこに直れ。二度とその口が開けんように成敗してやる」

吉左衛門の、興奮で一段高調子になった声がひびくのを聞くと、はじめて耳にする者はそこで固唾《かたず》をのむ。

「おやりなされ」

吉左衛門の声をうけて、ちっとも興奮していない、落ちついた女の声が答える。吉左衛門よりは低いが、これもべつに近所をはばかる様子もない、よく徹《とお》る声だから、外の者にはよく聞こえる。

「さ、どうぞおやりなされ。それで神名家のご先祖さまに申しわけがなるとお考えなら、心がすむようになさったらよろしゅうございましょ」

「この肴《さかな》は腐っておる」

吉左衛門の怒声は、急に卑俗な事実を指摘する。

「かようなものを喰わせて、家内を取りしまる役が勤まると思うか」

これで通りがかりの者は、喧嘩のもとは鮮度が落ちた肴かと興ざめし、これで喧嘩もそろそろ下火だろうといった見当で帰って行くし、近所の家では、たかが肴一尾のことで成敗だの、ご先祖だのと、よく言うわとにがにがしく思いながら、細目にあけた雨戸を閉じるのである。

吉左衛門の癇癪もちは昔からのもので、若いころは、庭の中を白刃を振りかざして妻を追いかけ回したなどという証言がある。しかし吉左衛門本人は五十の坂を越え、妻女の登米も五十近くなったいまは、もっぱら舌の争いで、その口争いではどうも吉左衛門に分がないようだ、という判定も出ている。

それではこの夫婦、どこまでも仲が悪いかというと、そうでもなく、吉左衛門が非番の日に、二人でむつまじげに庭の草花の手入れをしていることもあるし、自分たちの喧嘩が近所のひんしゅくを買っているなどと、夢にも思っていない顔で、夫婦そろってにこにこ顔で寺参りに出かけたりする。

二人の仲が険悪になるのは、家つきの娘で吉左衛門を婿にとった登米に、三十年近く経ったいまも、ちょいちょい吉左衛門を婿あつかいする言動があると言うことらしかった。

成敗するのなんのと、吉左衛門が息まいても、中身がそういうものだから、大したことにはならない、と近所では多寡《たか》をくくり、眉をひそめながらも内心では面白がっているのだが、ひとごとならず吉左衛門夫婦のために心配していることがひとつあった。五十になりいわば老境を迎えた夫婦に、後つぎが決まっていないことだった。

登米は子を生まなかった。普通なら当然養子を考えるところで、吉左衛門夫婦も、登米がいよいよ子を生めない年になったころから、真剣に養子探しをした形跡がある。だが思わしい縁がなく、ここまで来てしまったということのようだった。

「しかし、あれでは養子の来手もあるまい」

神名家の養子の話が出ると、最後に誰かがそう言う。それでみんなが仕方もないという顔になるのだった。

神名吉左衛門は、普請組に勤めて百石余の禄を頂いている。高禄とは言えないが、養子に入るには手ごろな家とも言えた。それほど格式ばることもなく、さほど暮らしが貧しいわけではない。夫婦二人だけだから、係累の煩いもない。

藩中には、次、三男がごろごろしている。

「相手の娘などは、ま、顔がついていればよい。喰って行ける家ならどこでも行くぞ」

などと放言している婿志望の若者が沢山いるはずで、事実吉左衛門も、人を介して数人の若者に養子の口をかけたのだが、誰も来なかった。

理由はひとつしかない、と誰もが言うわけである。あの夫婦喧嘩には、こわいもの知らずの若い者も怖気《おぞけ》をふるうのは無理ないと、人は吉左衛門夫婦に面とむかっては言わないが、心の中で思い、陰で噂《うわさ》するのである。

だが吉左衛門夫婦にしてみると、老境に入って養子もいないということが、また喧嘩のタネになるのである。養子一人見つけて来られない甲斐性《かいしょう》のなさを登米が責めれば、吉左衛門は子を生まなんだそなたが悪いと早速反撃し、とどのつまりは近所が耳をそばだてるいつもの大喧嘩になるのだ。

養子をタネの喧嘩が、また養子の口を遠ざけるというあたりが、吉左衛門夫婦の悲劇だが、二人はそのことに気づいていない。

二

吉左衛門が、その娘を連れて門を入ってきたとき、登米は庭に出て菊の葉についた虫を取っていた。菊の花は美しいが、うっかりするといつの間にか虫に葉を喰い荒らされていることがある。

「おや、どうなさいました」

登米は、夫の背に隠れるようにして入ってきた娘を見て腰をのばした。旅姿をした、むろん見かけたことのない若い娘だったからである。

「ふむ、それがな……」

吉左衛門は、困惑したような表情をうかべて娘をふりむいた。

「少し事情がある」

「事情があるのは、わかっておりますよ」

「ま、立ち話もなんだ。ともかく家に入ろう」

吉左衛門は、なんとなくあたりをはばかるような口調で言うと、さっさと家の方にむかった。

置き去りにされて、娘はうつむいたまま立っている。手甲、脚絆《きゃはん》に草鞋《わらじ》がけ、手に笠を持った旅の身なりで、着ている物、髪かたちから武家の娘だということはひと眼でわかる。だが、自分を見ても挨拶ひとつしないのは奇妙だ、と登米は思った。

「さ、あなた。ともかく家に入りましょ」

登米が声をかけると、娘は顔をあげた。美しい顔だちをした娘だった。眼がきれいで口もとも小さく締まっている。旅の疲れからか、ひどく青白い顔をして、表情にはどこかぼんやりしたものが見えた。十七、八だろうと登米は見当をつけた。

登米にうながされて、娘は歩き出したが、足もとが宙を踏んでいるように心もとなく見える。よほど疲れているらしい、と登米は思った。

「どこから来ました？」

入口を入るとき、登米はそう聞いたが、娘は無言だった。表情も動かなかった。おかしな子だ、と登米はまた思った。

「かなり疲れておる。とりあえず寝かせる方がいい」

家に入ると、吉左衛門がそう言った。吉左衛門は娘が気になるらしく、まだ着換えもせずに部屋の中をうろうろしていた。

登米は娘を座敷に案内し、布団をのべてやって茶の間にもどると、まだ部屋を出たり入ったりしている吉左衛門を着換えさせた。

「いったい、どういう娘御ですか」

登米は吉左衛門にお茶を出してやってから、改めて聞いた。間もなく日が暮れる気配だが、食事にはまだ間がある。

「まさかお前さまの、隠し子を連れて来たというのではございませんでしょ？」

「馬鹿を申せ」

吉左衛門はうろたえたような顔をした。濃い眉の下に気むつかしげに金壺《かなつぼ》まなこが光り、顎《あご》が張った顔は、とても隠し子がいるという柄ではない。登米は一応念を押しただけなので、夫が人なみにうろたえた顔をしたのがおかしかった。

「あれは小舞橋で拾ってきたのだ」

と吉左衛門は言った。

「拾った？」

「今日は、帰りがけに五間《ごけん》川の石垣の見回りに行ってな」

と吉左衛門は言った。

五間川は城下町を貫流する川だが、町の北半里ほどの場所にある小舞橋の上流で一ヵ所、下流で二ヵ所、今年の夏の増水で石垣が崩れた。

石垣は普請組の手で修理したが、それからひと月ほど経ったので、組頭の命令で吉左衛門が見回りに行ったのである。

小舞橋に着いたとき、娘はもう橋にいて、欄干にもたれて川を見ていた。旅の者がいっとき休んでいるという様子に見えた。吉左衛門は橋から岸に降りて、はじめ上流の石垣を見に行った。水が浅いところでは、川の中に入って念入りに調べた。

次には下流の修理場所に行った。途中小舞橋を通るとき、橋の上にまださっきの娘がいることに気づいたが、そのときもまだそれほど気にしたわけではない。

下流の二カ所は、橋からかなり離れたところである。吉左衛門はそこでも岸に腹這《はらば》って、上から石垣をのぞいたり、浅瀬では水に入り、また浅瀬を伝って向こう岸にわたり、そこから修理箇所や水の流れぐあいを綿密に眺めたりした。異状はなかった。

吉左衛門は仕事熱心である。石垣の調べにかなりの時を費し、その間にさっき橋の上で見た娘のことなどは忘れた。

だが、仕事を終わって岸に這い上がり、腰をのばしたときに、遠くに見える橋の上に、まださっきの娘がいるのに気づいたのである。吉左衛門は空を見た。日は傾いて、黄色く稔《みの》った稲田の連なりの上に、やわらかい日射しを投げかけていた。黄ばんだ日射しは、娘の上にもさしかけていた。

――何をしておるのだ、あの娘。

くたびれてひと休みしているにしては長すぎると思った。はじめて娘のことが気になった。それで声をかけてみる気になったのである。

「そこで橋にもどって、何をしておるかと聞いたが、娘は答えん」

吉左衛門はその時の娘の様子を思い出していた。

吉左衛門が声をかけると、娘は遠くを眺めていた眼を吉左衛門に移した。うつろな顔だった。きれいな顔立ちをしていたが、その顔には何の表情もあらわれていなかったのだ。

「いろいろとたずねて見たが、黙ってわしを眺めておるだけでな。まことに頼りない。このまま打ち捨てておいて日が暮れては大事になろうという気がしたゆえ、連れて参った」

「それはよいことをなさいました。連れ戻るのが当然でございますよ、お前さま」

「わしがみたところでは、あの娘狂っているようでもないな。いわば放心の体《てい》だ。何か事情があって、おのれを失っているとみた。ま、一晩休ませて明日になれば気を取りもどそう。事情は、それから聞いても遅くはあるまい」

「わかりました」

「そなたには、何か申したか」

「いいえ、なんにも」

「明日になったら何かしゃべるかの。いよいよ埒《らち》あかぬときは、奉行所にとどけねばなるまいが」

「…………」

「厄介《やっかい》なものを背負いこんだかの」

吉左衛門は額の皺《しわ》を深くして首をかしげたが、急にそわそわした顔になって登米に言った。

「眠っとるかな。まさか部屋を抜け出したりはしていまいな」

「まさか、お前さま」

「見て来い。ちょっとのぞいて来い」

吉左衛門に言われて、登米はあわてて部屋を出て行ったが、間もなく足音をぬすむようにして、そっと帰ってきた。

「眠っていますよ、おとなしく。ちゃんと夜具に入って」

二人は顔を見あわせた。そして何となく顔をほころばせた。いつも夫婦二人だけの家に、若い娘がいることがめずらしく、二人の気分をなんとなく浮き立たせていた。

三

吉左衛門が遅く帰ると、娘は縁側に出て月を眺めていた。登米が出してやったらしい座布団の上に、行儀よく背をのばして坐っている。月は十三夜で、吉左衛門も帰る途《みち》みち、いい月だと思いながら来たのだが、それにしても、この家の主である吉左衛門が帰っても、挨拶ひとつしないのはやはり異状だった。

「飯は喰ったのか」吉左衛門は、着換えて膳にむかいながら、そばの登米に小声で言い、娘のうしろ姿に顎をしゃくった。

「喰べましたよ、おいしいと言って」

「おいしいと言ったか」

吉左衛門は箸《はし》の手をとめた。

「すると、今日は口をきいたのだな」

「ええ、ええ」

登米は勢いこんでうなずいた。

「いろいろ聞きましたら、今日はよく返事しましたよ」

「それで、何か」

吉左衛門は固い干物を喰いちぎるために、しばらく黙ったが、ようやく嚙《か》み切るとまたつづけた。

「それで何かの。少しは様子がわかったか」

「それがさっぱり」

「なに？」

「おぼえていないのですよ。どこから来たのか、どこへ行くつもりだったか。親兄弟の名前さえ知らないんですからね。いったいどういうことなんですか？」

「ふーむ」

吉左衛門は唸《うな》りながら、香の物をばりばりと嚙んだ。ふだんは物を嚙む音をさせたり、喰べながら話しかけたりすると、登米は露骨にいやな顔をする。四十五石の家の躾《しつけ》はそういうものか、と婿にきて三十年もたつのに、吉左衛門の実家の躾を言う。それでたちまち喧嘩になるのだが、今夜は登米は何も言わなかった。吉左衛門がいつまでも香の物を嚙んでいるのを、早く飲みこまないかと催促するような眼で眺めているだけである。

吉左衛門はようやく香の物を飲みこんだ。

「ふーむ、それは困ったな」

「たったひとつ、自分の名前をおぼえていましたよ。あててごらんなさいませ」

「そんなことがわかるもんか」

「小鶴というそうですよ」

「小鶴」

吉左衛門は、ちらと娘を眺め、それから妻の顔を見た。二人は顔を見あわせて微笑した。

「かわいい名前だの」

飯をしまいにして、茶をもらいながら、吉左衛門はもう一度、小鶴かと言った。どこからともなく飛びこんできて、この家の客になっている娘にふさわしい名前のようにも思われた。

「ああして、月を眺めているのか」

「月見もそうですけど、自分でも何か考えているのでございましょ。あわれな」

　と登米はささやいた。

「まるでかぐや姫だの」

「それで、どうなさるおつもりですか」

「どうするとは？」

「お奉行所にとどけると申しましたでしょ？」

　確かにそう言ったが、娘が正気にかえって何か話し出しはしないかと思いながら、何となくふんぎり悪く三日もたっている。

「さて、どう致したものかな」

「もうしばらくここに置いて、様子をみてはいかがですか？」

「ふむ」

「この子は病気ですよ。親の名も家も忘れてしまったのですから。お奉行所に連れて行って、いろいろとただされても同じことでございましょ？」

「ま、そうだの」

「いろいろ聞かれて、あげくに牢《ろう》にでも入れられたらかわいそうでしょ」

「牢には入れんだろうと思うがな」

「まあ、じれったいこと」

登米は突然眼をつりあげた。

「ご自分が拾って来られた娘御でございましょ。もう少し親身に考えてあげたらいかがですか」

「考えておる」

吉左衛門は、むっとしたように言い返した。

「ただ、一応はとどけるのが筋ではないかと、それを思案しておる」

「とどけたら、お役人などどんな聞きかたをなさるか知れたものではありませんよ。なにしろ人を疑うのがお仕事ですからね」

「それは女子の考えようだ。人ひとりあずかるには、それ相当の踏むべき手順というものがある。そのへんのこともわきまえもせず、があがあと喚くな。聞きぐるしい」

「聞きぐるしいとは何ですか。聞き捨てなりませんよ」

「だまれ、聞き捨てならんならどうだと申すのだ」

例によって例のごとき経過をたどって、二人の言い合いがだんだんに険しくなってきたとき、不思議な声が部屋に流れた。

夫婦は、言い合わせたように口をつぐんで縁側を見た。娘が、座布団をすべりおりて、板敷きにきちんと坐ったまま、こちらを向いて泣いている。声は娘のしのび泣きの音だった。

「どうしましたか、小鶴どの」

登米が、あわてて立って行って娘の肩を抱いた。

「おやめなされませ。いさかいはおやめくださいませ」

小鶴は懇願するように言った。その間にも涙が頰をつたって流れた。

「ほら、ごらんなさい。お前さまが慎しみもなく大声を張りあげるからでございますよ」

登米は吉左衛門をにらんで言ったが、これが同じ人間の声かと怪しむほど、つくったやさしい声音《こわね》で、小鶴に言った。

「いさかいなどいたしませんよ。わからず屋の主人をちょっとたしなめてやっただけです。どうですか？　もうやすみませんか。あなたはまだ疲れが直っていないのですから」

登米が、小鶴を座敷の方に連れ去ったあとで、吉左衛門は縁側に立って行くと、憮然《ぶぜん》とした顔で月を見上げた。

――何じゃ、十七、八にもなってめそめそ泣きおって。

そう思ったが、何となく出鼻をくじかれたような気分が残っていた。

四

吉左衛門は一応奉行所にもとどけ、組頭の兵頭にも小鶴のことをとどけた。

しかし奉行所には、一応本人を同行して行ったものの、兵頭から手を回してもらったので、簡単に身柄をあずかることが出来た。奉行所では、二、三小鶴に問いただしてみたが、まったく吉左衛門の言うとおりなので、吉左衛門という身柄引請人がいるのをもっけの幸いと考えたようであった。

兵頭は皮肉を言った。

「娘をあずかりたいとな。どんな娘か知らんが、おぬしの家には、三日とようとどまれまい」

むろん夫婦喧嘩のことを言っているのである。いえ、もう来てから五日になりますぞ、と吉左衛門は言いたかったが我慢した。組頭の機嫌をそこねて、素姓も知れぬうろんな者を泊めおくことはならん、などと固いことを言われては困ると思ったのである。

それで、小鶴をはばかりなく外に連れ歩くことが出来るようになって、登米は上機嫌だった。寺参りに連れて行ったり、城下のある裕福な商家で、毎年半分は自慢で町の人に見せる菊畑を見に行ったり、買い物に連れ歩いたりした。

「今日はあなたに、着物を買ってあげますよ」

登米は町の呉服屋ののれんをくぐりながらそう言った。絹物商いが本業だが、太物も置く店である。

時どき反物を背負って、屋敷町を回る手代が、登米の顔を見て飛んできた。

「この子に似合いそうな柄を見たてて下さい。普段着とよそゆきと」

「かしこまりましてございます」

手代は棚からひと抱えの反物を抱えてもどると、生地をひろげながら、なめらかに喋《しゃべ》った。

「お美しい方でございますな。失礼ながら神名さまにお子はいらっしゃらないはずですが、このお方はどういう?」

「遠縁の者ですよ、ほ、ほ。しばらく家にいることになりましたので」

「さようでございますか、さようでございますか。それなら今後とも何分ごひいきに」

小鶴はおとなしく、手代がひろげた反物を胸にあてがわれるままになっている。

登米はそんな小鶴をほれぼれと眺める。楽しかった。これまで知らなかった楽しみだった。

――こんな娘が一人いてもよかったのだ。

と思う。父母が死んでから二十年近く、気が合うわけでもない夫と過ごしてきた、味気ない歳月がかえりみられる思いだった。

神名吉左衛門が住む葺屋《ふきや》町の一帯は、武家屋敷がならぶ町である。屋敷町の女たちは、町家の女房、娘のように、そうひんぱんに外に出るわけではない。それだけに、登米の近ごろの外歩きは目立ち、神名の家内が見たこともないきれいな娘を連れ歩いていると、噂になった。

噂の真偽を確かめるつもりか、登米が小鶴を連れて帰ってくるのを見はからったように、用ありげに門の外に人が立っていたりする。

「おや、ほんとにきれいな娘御ですこと」

相手は、登米の背に隠れるようにしている小鶴を、すばやく一瞥《べつ》すると、感嘆するように言う。

「どういう? ご親戚《しんせき》ですか」

「遠縁の娘を預かっているのでございますよ、ほ、ほ」

登米は鼻が高い。そしてそんなふうに声をかけられると、子供を持たなかった長年のひけ目を、一ぺんに取り返しているような気がしてくるのだった。誇らしく、登米は胸を張って行きすぎる。

小鶴にも生色がもどってきていた。「どうですか。まだ何も思い出さないかえ」と、登米が時たま問いかけるのには、暗い顔になって首を振るだけだが、日常の暮らしの中では、だんだんに神名家になじんでくるようだった。

通いの婆さん女中が休みのときには、台所で食事の仕度もし、それが上手だった。家の中の掃除も、塵《ちり》ひとつとどめずにきれいにやり、花を活けさせても法にかなっている。

時には肩を揉《も》んでやると言って、登米を喜ばせた。

――おんば日傘で育った高禄の家の娘ではない。台所も自分でやるような小禄の、しかし躾の行きとどいた家の娘には違いない。

登米はそう思い、娘の行方を失って嘆き悲しんでいるに違いない父母を思って胸を痛めた。だがそれは、小鶴と名乗る娘が、自分で思い出さないことにはどうなることでもなかった。

自分が何者であるかも思い出せないまま、小鶴は次第に顔色もよくなり、物言いにも元気が出てきた。時には声を出して笑うようにもなった。するといっそう、美しい娘なのだということがわかった。

小鶴に買ってやった生地を縫っている妻のそばで、吉左衛門が、ふと思いついたように言った。

「どうだ？　よほど元気が見えてきたが、何か思い出した様子はないか」

「なんにも。それにそのことを聞くと、かなしげな顔をするから、このごろはあまり聞かないことにしているのですよ」

「止《や》むを得んな。思い出すときがくれば、自然に思い出すだろう」

「思い出しますか」

「それはわからんことだ」

「あの子はきっと姉娘ですよ」

と登米が言った。

「そんなことはわかるもんか」

「いいえ、きっとそうですとも」

と登米は断定的に言った。

「こまごまと気をつかう子です。よくできた子ですよ」

「そうかの」

「今日は、縫い物で肩が凝ったろうと、私の肩を揉んでくれました。ちゃんと揉み馴れた手つきで、驚きました」

「わしには、そんなことを言ってくれんぞ」

吉左衛門が不満そうに言ったので、登米は笑い出した。そして家の中が前と変わったと思った。小鶴のことを話していると倦《あ》きないのだ。

「おひがみになることはありませんよ。あの子はお前さまのことも、ちゃんと気にかけております」

「ひがんでなど、おらん」

「今夜の菊膾《きくなます》、おいしゅうございましたでしょ」

「あれはわしの好物だ」

「私がそう申しましたら、小鶴がさっそく料理したのです」

「道理でお前や台所婆さんの味つけにしては、近ごろ出来過ぎだと思った」

吉左衛門は憎まれ口を叩いたが、満足そうだった。そういう夫の顔を、ちらと盗み見てから、登米は針の手に眼を落としたまま言った。

「もしもあの子が、いつまで経っても何も思い出さなかったら、どうなさいます？」

「それでは、どこかで案じておられる親御がかわいそうだ。なに、いまに思い出すさ」

「もしも、と言ってるんでございますよ」

「思い出さんものと決まればばか」

吉左衛門は、腕を組んで眼をつむったが、不意に秘密を打ち明けるような小声になった。

「そのときはこの家でもらい受ける。それよりほかに仕方もあるまい」

「そうですとも、お前さま」

登米は低い声に力をこめて言った。そしていま洩らした会話を、誰か人に聞かれはしなかったかとでもいうように、夫婦は申しあわせたように顔をあげて、廊下のあたりに眼を配った。

五

「ま、楽にしてくれ」

吉左衛門を小料理屋のひと部屋に誘うと、勝間重助は気さくな口ぶりで言った。勝間は四つか五つ年下だが、普請組添役という役持ちで、吉左衛門の上司である。

「ま、一杯」

酒が運ばれてくると、勝間は自分で銚子《ちょうし》を取りあげて吉左衛門に酒を注いだ。

「今日貴公を誘ったのは、ほかでもないが」

「…………」

「いつぞや、貴公から橋本彦助の次男坊を養子に欲しいという話があったが、もはや養子は決まったかの？」

やっぱりその話かと吉左衛門は思った。これで五人目だ、とせせら笑う気持ちだった。

小鶴が神名家にきてから、半年以上たつ。吉左衛門夫婦には、もうこの娘を手離す気はなく、よしんば小鶴が自分の素姓を思い出して親元が知れても、一人娘でないかぎりは、懇願しても家の子にもらおうという気になっていた。

その間に、神名家にいる美貌の娘の噂は、いつの間にか家中に流れて、噂は、あれは神名家の養女だということになり、それまで見向きもしなかった婿志望の若者たちが、色めき立ってきた感じがあった。

それは、いろいろな形で吉左衛門夫婦の前にあらわれてくる。これまであまりつき合いもなかった近所の家の妻女が、突然に何かの用にかこつけて訪ねてきて、長々とお喋りし、その間に仔細《しさい》に小鶴を眺めて帰ったり、吉左衛門がいつも通る町道場のそばで、見も知らぬにきび面の若者が、唐突に会釈したりする。

ここに婿になってもいい男が一人いますぞ、と言いたげで、にがにがしいことこの上ない。吉左衛門は眼もくれずに通りすぎる。小鶴ほどの容姿を持つ娘を、養女に出来れば、あとは婿など選《よ》りどり見どり、あわてることは少しもないと吉左衛門は思っている。

笛を習いたいと言ってきた、あつかましい男がいた。吉左衛門は若いころ、剣術の道場にしきりに通ったが、この方はあまり伸びなかった。そのかわりというわけではないが、同じころに習った横笛の方は長足の進歩を示し、このまま修業を積めば、名手になるだろうと折り紙をつけられたいきさつがある。

しかし二十《はたち》過ぎると間もなく神名家に婿入りして、笛の修業は中断した。吉左衛門はそのことを別に口惜《くや》しいとも思わず、笛はあくまで余技だと割り切っていたが、好きな道は別である。つい十年ぐらい前までは、夫婦喧嘩《げんか》の合間を縫って、ひょろひょろと柄でもない風流な音をひびかせていたのである。

その若者は、そんな古いことをどこからか聞きこんで来たらしく、それがしも笛が好きでござって、などと言ったが、吉左衛門はにべもなくことわった。笛を習うなどと言って、神名家に出入りし、小鶴とちかづきになろうという魂胆が見えすいている。そんな志があったら、小鶴がまだいなかった半年前になぜ来なかったかと、吉左衛門は言いたいのだ。

こういうてあいは論外として、正式に人を介しての養子話がすでに四件もきている。勝間は五人目の話を持ちこんできたわけだった。

しかし吉左衛門はいい気持ちはしなかった。勝間には一年前に、辞を低くして橋本の次男坊を養子に、と頼みこんで、それこそにべもなくことわられている。橋本彦助は、勝間の親戚だが、家は七十五石で、大家の坊ちゃまを頂きたいと言ったわけではなかった。

それなのにあっさりとことわられ、そのあとその話がもとで登米と大喧嘩した記憶が残っている。その次男坊が、まだ売れないでいるらしかったが、吉左衛門としてはいい顔は出来ない。

「いや、まだ決まってはおりませんが、同じような養子話が、あちこちから来ておりましてな。少し考えさせてもらわぬことには、どうにもなりません」

「ほう」

勝間は眼を丸くした。そして残念そうに言った。

「遅れたか」

「いえ、まだどなたにも返事は申しあげておりません。このお話も頂いて帰って、家内や娘とも相談してみることにいたしましょう」

言いながら、吉左衛門は至極いい気分だった。一年前には平身低頭した相手に、こんな口がきけるとは夢にも思わなかったことだ。

「なにぶん、よろしく頼む」

勝間は頭を下げた。

「橋本の家の者が、どこぞから貴公の家で、気だてもまことによろしく、みめも美しい娘を養っていることを聞きこんで参っての。作之助がまた、えらく乗り気でいるらしいのだ」

作之助というのが、橋本の家の次男坊である。風采《ふうさい》も立派で、人柄も悪くない若者だ。だから養子に申し込んだのだが、去年は剣もほろろにことわり、今度小鶴の噂を聞いて、手のひらを返すように養子になりたいというのは、軽薄な男だと吉左衛門は思った。

「小鶴というのが娘でござるが、しかし少しわけがあって、まだ家の娘に出来るかどうかはわからんのですぞ」

と吉左衛門は言った。

「あるいは親元に帰すようになるかも知れんのです。その場合にも、作之助どのは養子に来て頂けますかな」

「そらすこし、話が違うな」

勝間は急にそわそわした。娘抜きでは、さほど食指が動く話ではないのだという気配が露骨に見えた。

「その娘、貴公の家の養女だと聞いたが、そうではないのか」

「は。さっき申しあげたとおり、少々事情がござります。正式に藩庁に願いを上げたわけではありません」

「そういうことは早くやったらどうだ。そうしたら、作之助はすぐにくれてやるぞ」

勝間は、酔いが回ってきたのか、権柄《けんぺい》ずくな口調で言った。

「貴公もそろそろ年だろう。こういうことは早く運ぶにかぎる」

「ごもっともです。いずれ家にもどりまして、家の者とも相談させて頂きましょう」

吉左衛門は言いながら大そう気分がよかった。

六

「まず勝間から来た話を落とそう」

と吉左衛門は言った。

「あの尊大さは鼻持ちならん。橋本は七十五石だぞ。何様だというつもりだ」

「しかし上役からのお話でございましょ？　その話をことわって、大事ございませんか」

「そんなことは気にするな。勝間は組内でも評判がいいとは言えん男だ。どうということはない。要は人物だ」

「さようでございますね、お前さま。小鶴の婿にふさわしい方を選びませんとね」

「えぇーと、橋本作之助は落とす、と。藤井新六、あ、これはいかん。この男はほら、郡奉行の藤井の分家。あそこの三男坊で乱暴者だ。聞いとらんか。二年ほど前亀井《かめい》町の遊所で人を傷つけたとか言う噂を」

「おや、気づきませんでした。これは大原さまの奥さまから頂いたお話ですけれども」

「元気がよいのは結構だが、乱暴はいかん、乱暴は。新六も落とそう」

二人は夢中になって、持ちこまれた話を、ああでもないこうでもないとつつき合った。夫婦でこんな楽しい相談事をするのは、はじめてのような気がしていた。小鶴がきてから、夫婦喧嘩らしいものを一度もしていないが、これでは喧嘩するひまもないわけだった。

小鶴からは、養女になってもいいという承諾をとっている。曇りのない顔つきで、もうこの家の娘のつもりです、などという小鶴をみると、実際にはどこかに実の親がいるに違いないのに、という一抹《まつ》の不安は残る。

だが、小鶴が神名家にきて、もう八カ月経っていた。吉左衛門にも、もうそろそろいいだろうと思う気持ちがあった。実の親がわかったときはわかったときで、別に話し合いの余地もあろう。そう思うと気が楽になって、婿えらびに張りが出た。

二人が選んだのは、早田寛之助という若者だった。話を持ちこんできたのは、葺屋町の林という家の隠居で、早田寛之助はこの家の親戚の三男だった。剣術も出来、学問もひととおりは身についているが、人柄の穏やかな男だ。婿向きに出来ている、と林の隠居は寛之助を売りこんだあとで、恐縮したように言った。

「ただ早田の家は、貴公も承知のとおり、六十石しか頂いておらん。ま、このへんはまけて下され」

吉左衛門夫婦は、小鶴にも話し、林の隠居に内諾の返事をした。祝言は秋。その前に小鶴の養女の届けも済ませ、寛之助を婿に迎えるという段取りが決まった。

秋めいてきた一日。林家から吉左衛門夫婦と小鶴に招待の使いが来た。寛之助を呼ぶので、差し支えなければひきあわせかたがた、お茶でもさしあげたいという口上だった。

縁組みは決まったが、寛之助と会っているのは吉左衛門一人で、登米も小鶴もまだ婿となるべき人物を見ていなかった。

「折角の好意だ、行ってみよう。一度相手を見ておく方がいい。わしなども、ばあさんを見もせずに婿にきて、この始末だ。くる前にとっくりと一度見ていたら辞退したかも知れん」

吉左衛門はうれしそうに憎まれ口を叩いた。以前の登米なら早速ひとつふたつ口答えするところだが、そう言われても笑っている。小鶴もしのび笑いをした。祝言をひと月あまり後にひかえて、みんなが上気していた。

林家の当主は書院目付をしていて、禄高は百五十石。屋敷も吉左衛門の家よりひと回り広い。その家の奥座敷で、神名家の三人は婿になるべき寛之助と一緒にお茶を頂いた。

寛之助は落ちついていた。橋本作之助のように美男というわけではなかったが、それがかえって好もしいと吉左衛門の眼には映る。

——小鶴には、似合いの婿だ。

騒々しく世間体を構わない舅《しゅうと》、姑《しゅうとめ》の下に、しっとりと落ちついたひと組の若夫婦が出来上がりそうだった。吉左衛門にはそれも好もしいことに思われた。

小鶴の顔色がすぐれないのに気づいたのは、林の家を出て、家の近くまで帰ってきたところだった。

「ぐあいでも悪いかえ、小鶴」

門を入るとすぐに、登米が気づかわしげに小鶴の顔をのぞいた。すると小鶴が立ちどまり、両手で顔を覆った。

登米は小鶴の肩に手をかけながら、不安そうに夫を見た。

「どうしたのでございましょ？」

「気疲れだろう。家に入れて休ませれば直る」

吉左衛門は言って背をむけようとした。そのとき小鶴が顔から手をはなして、いいえ、違いますと言った。顔色は青ざめて、額に汗が吹き出している。

「申しわけございませんが」

小鶴は、立ち竦《すく》んでいる二人にむかって、しっかりした声音で言った。

「この縁組みはおことわりしてくださいませ」

「早田寛之助が気にいらんのか」

「そうではございません、お父様」

小鶴はうつろな眼で吉左衛門を見た。

「私には決まった方がいるのです」

あっと叫んで、登米が小鶴の身体《からだ》をささえた。小鶴が気を失ったのだった。吉左衛門があわてて駆けより、登米に手伝わせて背負うと、家の中まで運んだ。

「さて、困った」

「あの子は、何を言っているのですか」

小鶴を寝かせた後で、吉左衛門夫婦は茶の間にもどり、ひそひそと話し合った。

「わからんか。あれは昔を思い出したのだ、おそらく」

「………」

登米はおびえたような眼で夫を見た。

「出て行く気ですか、この家を」

「さあ、わからん。忘れていたことを、すっかり思い出したのなら、そうするかも知れんが、そうとも言えぬ節もある」

「………」

「昔のことを思い出して、小鶴が出て行くと言うときは、とめることはならんぞ。ともかくこの縁組みはことわるほかはない。林さまにも、寛之助の家にも申しわけないことに相成ったが、やむを得ん」

少し浮かれ過ぎたな、と吉左衛門は苦く反省していた。こういうことがあるかも知れないという懸念ははじめからあったのだ。それが、登米が遅まきの母親気取りで小鶴の世話を焼くのを見、娘がまたすっかりなついてしまってお父様、お母様などと言い出すに及んで、吉左衛門もつい調子に乗ってしまったきらいがある。

そう思いながら吉左衛門は、しかし惜しいことをしたな、とも思った。何ごともなく物事が運べば、長年心にかけてきた後つぎも出来て、老後のわずらいも一度に消えるところだったのだ。

「決まったひとと言うのは、何ですか、お前さま」

登米はまだ言っていた。登米は頭がこわれて考える力を無くしたとでもいうふうに見えた。

「さて、許婚《いいなずけ》か、あるいは亭主がいたということであろうな」

「亭主が？　あの子に？」

登米は痴呆のように口を開いて、吉左衛門を見つめた。そしてまた同じことを繰り返した。

「それではやっぱり出て行く気ですか」

「だからまだわからんと言っておる。様子を見んことには何とも言えない」

「婿は仕方ありませんから、せめてあの子だけでもいてくれればよい」

登米は愚痴っぽく言った。それには吉左衛門も同感だった。

七

だが、不思議なことに、小鶴は明かるさを取りもどした。出て行くとも言わなかった。過去はあの日いっとき小鶴の胸に暗い影を落としただけで、飛び去る雲のように通り過ぎて行ったようだった。

早田寛之助との縁組みは、破談にしてもらった。早田家でも、仲人に立った林家でも突然の破談にいきり立ったが、吉左衛門は汗だくで事情を話し、ようやく納得してもらった。

そのことを夫婦は小鶴には話さなかった。縁組みの話は禁句だとさとったからである。小鶴も聞こうとしないままに、もとの親子三人という空気が少しずつもどってくるようだった。

「だからあわてってはいかんと申したのだ」

婿話では、自分も結構浮かれたくせに、吉左衛門は登米にそう言った。

「小鶴は、いえばこわれ物だ。そっとしておいて様子をみるしかない。この家に授かった娘かどうかは、長い眼でみないことにはわからん」

「そうしましょ。娘が一人いると思うだけでしあわせじゃありませんか。あの子が行ってしまって、またお前さまと二人だけになることを考えると、私はぞっといたしますよ」

二人はひそひそとそんなことを語り合った。だが、二人がそう話し合っていたころ、夫婦の望みを無残に砕くような調べの手が、ついそこまできていたのだった。

朝夕地面に霜がおりるようになった晩秋の日、吉左衛門が城をさがって家に戻ると、客がきていた。

「どなたかの？」

「それがお前さま」

玄関に出迎えた登米は打ちしおれていて、言いかけたまま唇を嚙《か》んだ。

「どうした？」

「小鶴に迎えが来たのです」

吉左衛門は、無言で家に入った。登米がうしろに続いて、お客さまは小鶴の部屋ですよ、と言った。

客は二人だった。長身の、男らしくひきしまった顔をもつ若者と、篤実そうな肥った中年男の二人連れだった。

吉左衛門はすぐ小鶴を見た。そして胸を衝かれたように思った。小鶴は、二人の客から少し離れたところに坐っていたが、その顔には、吉左衛門がはじめて橋の上で会ったときと寸分違わない、うつろないろがあらわれていたのである。吉左衛門を見ても、顔には何の表情も浮かばなかった。小鶴はゆっくり吉左衛門から眼をはずし、明かりとりの丸窓を染めている夕の光に顔をむけると、眼はそこで放心したように動かなくなった。

「神名吉左衛門でござる」

坐って吉左衛門が名乗ると、男二人はそれぞれ身分と名前を名乗った。隣国の城下からきた男たちで、肥った中年男は、町奉行所に勤める小鶴の親戚の者だった。そして若い男は小鶴と縁組みを結んでいた相手だった。

寺川藤三郎と名乗った若者は、吉左衛門にむかって深ぶかと頭をさげた。

「委細はご新造から承ってござります。光穂《みつほ》に賜った手厚いご庇護《ひご》は、国元に帰りましても、決して忘却つかまつりませぬ」

「光穂？」

吉左衛門は後ろに坐っている登米をふりむいて、誰のことじゃと言った。

「小鶴の本当の名前だそうですよ」

と登米は言った。そう答えながら、登米の眼は小鶴の横顔を喰いいるように見つめていた。

光穂が城下から失踪《しっそう》したのは、去年の七月の末のことだと寺川は言った。光穂の父母が、相ついで世を去った直後のことだった。置き手紙も何もなかったが、光穂には弟妹がいて、姉が江戸の叔母を訪ねて行くと言っていたことを告げた。

江戸の深川一色町というところに、光穂の母の妹がいる。寺川は後を追って、百数十里の道を江戸まで行った。だがそこには光穂は来ていなかった。寺川は今度は帰途、しらみつぶしに宿場宿場を光穂の消息をもとめながら帰ったが、手がかりは得られなかった。

そして一年たったのである。思わぬ消息が知れたのは半月ほど前だった。ある盗難事件が起きて、この国の奉行所と隣藩の奉行所の者が行き来した際に、光穂らしい娘が、神名吉左衛門の家に養われていることを、今日同行してきている笹森という奉行所勤めの男が聞き込んだのであった。

「こちらさまに拾われましたのが、八月のはじめごろと聞きました。してみると光穂は真っ直ぐに、どういうわけか当国に参ったものと見えます」

と寺川は言った。

「それで？」

吉左衛門はうつむいて聞いていた顔をあげた。

「すぐに連れてもどられるか？」

「は。こちらさまのご承諾を得られれば、すぐにも連れ帰りたいと存じます。さきほど笹森ともども奉行所に寄りまして、そのことは届けて参り申した」

「承諾も何もござらん。身元が判明すれば連れ戻って頂くのが当然。めでたいことじゃ」

と吉左衛門は言った。そして笹森にむかって、暫時この若い方をお借りしてよろしいかと言った。笹森は、奉行所勤めの人間に似合わない柔和な笑いをうかべて、ご随意にと言った。

吉左衛門は部屋を出ると、玄関に出、そのまま履物をつっかけて外に出た。外では傾いた晩秋の日がやわらかくあたりを照らしていた。吉左衛門は後について庭に出てきた寺川にむかい合うと言った。

「お気づきか。光穂というのかの、あの娘。じつは正気を失っておる」

寺川の男くさい顔が、はじめて暗い表情に翳《かげ》った。寺川はうなずいた。

「むろん気づいております。われわれを見ても、あのとおりで、ひと言も口をきかんのです」

「狂っておるとは思えん。ただ昔のことを思い出せない様子だの」

「それがしには心当たりがあります。恐らく……」

寺川は口ごもった。

「恐らく、何かの？」

「光穂は、あのことを思い出したくないのでございましょう」

光穂の父母は、病死ではなかった、と寺川は言った。三人もの子を生みながら、稀《まれ》にみる険悪な夫婦仲で、家の中では夫婦の争いが絶えなかった。そしてついに破局が来た。

ある日、言い争いのはてに、激昂《げっこう》した夫が刀を抜いて妻を刺殺してしまったのである。そして、自分のしたことに驚愕《きょうがく》した夫はその場で腹を切った。

「大目付の調べでは、そのようになっております。しかし事実は若干違ってございます」

寺川はしばらく重苦しく沈黙したが、やがてぽつりと言った。

「母親を刺殺した父に、光穂が逆上して斬りつけたと推定されます。それが深傷《ふかで》でござった。父親はわが子に咎《とが》を及ぼすまいと、腹を切ったというのが、それがしがひそかに知った真相でございます」

吉左衛門は沈黙した。吉左衛門夫婦が言い争いをはじめたときに見せた、光穂の異常な振る舞いを思いだしていた。

吉左衛門は寺川の顔を注視しながら言った。

「そういう女子でも連れて戻られるか」

「むろんです。それがしがもっとも恐れたのは、光穂がどこか人知れぬ場所で、ひそかに命を絶っているのではないかということでござりました。生きているだけで十分、という気もいたします。連れ帰って、気長に養生させるなら、回復も望みないことではないと考えます」

「あの娘は、ここでは至極ほがらかに暮らしておった」

「さようですか」

寺川はしばらく考えこむように黙りこんだが、やがて顔をあげると確信ありげな口調で言った。

「それは、この家では自分がしたことを忘れて暮らせたからでござりましょうな。しかしそれは真実癒《い》えたことにはならんのではござりますまいか。光穂は苦しんで、自ら癒えるほかはないと存じます」

「そのとおりだな」

吉左衛門は大きな声で言った。思わず手を握りたくなったほど、眼の前にいる若者に信頼の心が湧《わ》いた。

「お連れくだされ。あの娘は必ず癒えて、貴公のいい伴侶《はんりょ》となろう」

背をむけた寺川に、吉左衛門は声をかけた。

「小鶴とは誰のことかな」

「光穂の母の名でござる」

間もなく家の中から出てきた光穂を、吉左衛門と登米はならんで見送った。光穂は、寺川に手をとられていた。白い無表情な顔をうつむけて門にむかう娘に、登米が声をかけた。

「光穂どの、気をつけなされ」

光穂は振りむかなかった。もういい、と吉左衛門が言ったとき、登米が涙ぐんだ声で呼んだ。

「小鶴」

その声を聞くと、光穂が足をとめて振り返った。微《かす》かな感情の動きが、顔に走ったようだった。光穂は深ぶかと頭をさげた。そして自分から手をさしのべて寺川の手に縋《すが》ると、去った。

神名吉左衛門の家から、時おり夫婦喧嘩の声が外に洩れるようになった。だがその声が以前にくらべると、いちじるしく迫力を欠いているというのがもっぱらの噂だった。養子話もとだえたままである。

（「小説現代」昭和五十二年十二月号）

暗い渦

一

来年の春までに、店に仕事場を作る。職人も置く。そうして準備が出来たら、うちへ来て、親方として筆作りの腕をふるってもらえないか。信蔵が、筆師の弥作に出した話は、そういうものだった。

むろん暮らしの心配は一切させない。承知してくれれば取りあえず、支度料といった意味でこれを受け取ってもらう、と十両の金も出した。弥作は承知した。

「これまでも、よそからこういう話があったんじゃないかね。あすこ、山城屋さんなんかはどうでした？」

弥作が承知したことで、信蔵はほっとした気持ちになってそう言った。山城屋は、隣町の筆屋で、信蔵の店ととくい先を競りあっている、いわば商売敵だった。

商売敵といっても、むこうは駆け出しの商人である信蔵など及びもつかない老舗《しにせ》である。信蔵が力むほどには、山城屋では気にしていないかも知れなかったが、信蔵としては何につけても気になる相手だった。

いまも思わずその名前が出たのは、弥作の承諾をとりつけたことで、これでめったに山城屋に潰《つぶ》されるようなこともあるまい、といった安堵《あんど》感が頭の隅をかすめたせいのようだった。

無口な弥作は、信蔵の言葉にただ首を振っただけだったが、乳のみ子を膝《ひざ》に抱いた弥作の女房が補った。

「いいえ。こんないいお話ははじめてですよ。ほんとにいろいろご心配頂いて」

「いやいや、心配などと言わないでください。お願いしたのはこちらの方なんだから。そうですか、わかりました」

弥作は山城屋にも筆を納めている筆作り職人だった。品物を納めさせているぐらいだから、弥作の腕のいいことは承知しているわけだが、あそこまでは気づかないらしい、と信蔵は思った。信蔵は、昨日とくい先である下谷の常楽院の住職に会ったとき、この筆は名人の作だとほめられたのだ。むろん弥作が作った筆だった。住職は、弥作の筆によほど惚《ほ》れこんだらしく、ついでの時に上野山内の寺にも紹介してやろうとまで言ったのだ。

店に仕事場をこしらえ、弥作を店の職人として抱えこむという考えは、そのときに決まったものだった。馬毛なんかの粗筆はともかく、いい筆は全部弥作に作らせ、亀屋の筆として売りこむ。

「よそには黙っていてくださいよ」

と信蔵は言った。

「弥作さんのようないい職人をひとり占めしちゃ、同業にそねまれるかも知れませんからな」

「そんなことがあるもんですか、旦那」

と、浅黒く平べったい顔をした女房が、亭主にかわって言った。

「ごらんのとおりで、やっと喰べている職人なんですから。誰も何とも言いはしませんですよ。ほんと、こんなによくしてくださるのは、亀屋さんのところだけですよ」

茶の間がそのまま弥作の仕事場で、部屋には兎の毛や馬の毛が散らばっている。信蔵が立ちあがると、弥作の女房はすばやく立って、乳のみ子を抱えたまま、片手で信蔵の膝のあたりをはたいてくれた。

――これでひと仕事終わったな。

見送られて外に出ると、信蔵はもう一度そう思い、ほっとした気分になった。弥作はまだ二十七でこの腕を持っているのだから、丸抱えにして、暮らしの煩いをのぞいてやれば、もっといい仕事をするかも知れない。そう思う気持ちの中に、商人の張り合いがあった。店つきの職人を抱えるところまで来た誇りが動いていた。

信蔵は少し胸をそらせて、裏店《うらだな》の路地を歩いた。家の中にいる間は、話に夢中になって気づかなかったが、もう日が落ちて、外は薄暗くなっていた。その中で、まだ子供たちが走り回っていた。

不意に信蔵の足がとまった。

――おゆうさんじゃないか。

別人かと思うほど顔が痩《や》せていたが、女はこちらに顔をむけていたので、間違えようがなかった。おゆうだった。

おゆうは背に赤児をくくりつけ、路地を跳ねまわっている子供たちの中から、五つぐらいの男の子を家に引き入れようとしていた。手を引かれて、まだ遊び足りないらしく足を踏んばる子供を、手荒く引っぱって頭をひとつ殴ると、追いこむように男の子を先に立てて、家の中に入って行った。

——あのひとが、こんな裏店に。

信蔵は茫然としたが、思いついて弥作の家にもどった。弥作の家では、茶の間にもう灯がともっていて、弥作の女房がびっくりした顔で出迎えた。

「つかぬことを聞くが……」

信蔵は、上がれという女房を制して、土間に立ったまま言った。

「この並びで、木戸口の家は、どういうひとが住んでいるんですかな」

「木戸口の家？　ああ、あそこなら大工さんですよ。仙太というひとですがね」

「仙太さん？　おかみさんの名は？」

「あら、何て言ったかしら」

弥作の女房は、茶の間を振りむいて、仙太のかみさん、何て言ったっけ、と言った。弥作が、ぼそぼそした口調で何か答えた。女房は、おや、あんた、だんまりのくせに、よくひとのうちのかみさんの名前おぼえていたね、と言いながら信蔵にむき直った。

「おゆうさんて言うんですよ。旦那が、ご存じのひとですか」

「いやいや」

信蔵は、あわてて手を振った。おゆうは信蔵に気づかなかったようだ。見かけたことをおゆうに知られたくない気持ちが働いていた。

「仙太さんに、おゆうさんか。するとあたしが知ってるひととは違うようだ」

「それならよござんすけど」

部屋から射す明かりに照らされた、女房の顔に、薄笑いが浮かんだ。

「仙太っていうひとは、大酒のみでねえ。そのうえ酔うとあばれるんですよ。ほら、なんとか言いますでしょ、旦那」

「酒乱かね」

「そうそ。それですよ。女房子供は叩く、物はこわすで、早い話がここの鼻つまみになってる男ですよ。あれじゃまったく、かみさんがかわいそうだ」

「ずっと住んでるのかね、ここに」

「いえ、この春ごろに越してきたから、まだ半年ぐらいのものでしょ。でも、ここだって長いことはありませんよ。この間も、建具をこわしたとかで、大家さんが怒っていましたからね」

「…………」

「大工の腕はいいらしいんですがね。でもあれじゃ、どうしようもないねえ」

邪魔した、と言って信蔵は弥作の家を出た。盗みみるように、おゆうの家を横目で見ながら木戸を出た。ほかの家が、みな灯をともしている中で、その家だけがまだ暗いのが、いかにもしあわせのない家のように見えた。

――あれから八年にもなる。

と信蔵は思った。弥作と話していたときの、商人の駆けひきめいた張りつめた気分は消えて、少し暗い気持ちになっていた。おゆうの瘦せた頰と、つぎのあたった粗末な着物、そして男の子を殴ったときの粗暴な身ごなしを思い出していた。

八年前に縁が切れたおゆうを、信蔵は近ごろはめったに思い出すこともなかったが、心の底ではずっと、あのひともいまごろはいいところのかみさんに納まっているに違いない、と思いつづけて来たようだった。そのことを疑ったことはなかった、と言ってよい。おゆうは美人で、小さいながら内証のいい小間物屋の娘だったのだ。

どこかでしあわせに暮らしているだろうと思う気持ちには、結ばれなかった女に対する、淡い悔恨のようなものがつきまとったが、一方で信蔵は、そう思うことで安心していたと言ってもよい。多少でもわけがあった女が、不しあわせでいるのをみるのは辛いことだが、おゆうにはその心配がなかったのだ。

その安心感が、一度にくつがえされたようだった。今日偶然に出会ったおゆうが、しあわせに暮らしているとは思えなかった。弥作の女房のお喋《しゃべ》りが、信蔵の懸念を裏書きしたようだった。

――しかし、おれのせいではあるまい。

あのときおれは、あのひとにふられたのだから、と信蔵はむかしあった、ある出来ごとを思い出しながら考えた、それはおゆうと別れるきっかけになった、八年前の出来ごとだった。

だがそう思ったところで、少しでも気持ちが浮いて来たわけではなかった。むかしのその出来ごとを思い出したために、信蔵の気持ちは遠いそのころの思い出に引き戻され、むしろ一そう沈みこんで行くようだった。

秋の日の暮れ足は早い。南本所の横網町《よこあみ》にあるその裏店を出て、両国橋にかかったころは、あたりは真暗になった。その暗がりの中で、信蔵は不意に顔をしかめた。

二

八年前の信蔵は二十二だった。下谷の山崎町に、筆墨、紙を商う大きな店を持つ伯父の家に奉公して、手代を勤めていた。秋には、暖簾《のれん》をわけてもらう話も決まっていて、張り切って働いていた。

それは、桜の花もそろそろ終わりに近づいた春のある日だった。信蔵は、その日朝からひまをもらって、蔵前の元旅籠町《もとはたご》裏にある家に帰った。三日ほど前に、伯父の店では、店の者がそろって上野に花見に出かけ、信蔵が留守番をした。そのかわりに、ひと晩泊まりのひまをもらったのであった。

昼飯を済ますと間もなく、信蔵は花見に行ってくると言って立ち上がった。

「一人でかい？」

母親のおまつが、探るように声をかけてきた。

「おゆうちゃんを誘って行く」

「だろうと思ったよ」

おまつは言った。だがべつに不機嫌な顔はしなかった。

「あまりおそくならないようにして帰りなさいよ。ひとさまの大事な娘をお預かりするんだから」

「大げさだな」

と信蔵は笑った。だが母親がそう言う気持ちはわかった。

信蔵の家は古手屋《ふるて》で、繁昌ということはなくともまあまあの商売をしていたのだが、信蔵が十九の時に、父親の政吉が病死した。そのとき信蔵を伯父の家から呼びもどすかという相談もあったが、結局そのままにして、店の方を閉じた。

死んだ政吉は、同じ町内で育った小間物屋の幸右衛門と昵懇《じっこん》のつき合いをしていて、幸右衛門の娘おゆうをいずれ信蔵の嫁にという話が、信蔵がまだ子供のころから決まっていた。しかし政吉が死に、亀屋という古手屋が店を仕舞ったことで、その関係に微妙な変化が生まれたようだった。

そして皮肉なことに、信蔵の家が商売をやめたころから、おゆうの家の方は商売がにぎやかになったようだった。いまでは、店は小さいが、小金を溜《た》めていることでは町内でも指折りだろうなどと言われていることを、信蔵も知っている。

おまつの気遣いは、そのへんにあるらしかった。父親たちが約束したと言っても、ただの口約束である。裕福になった小間物屋で、おゆうを、これから筆屋をやるといっても、海のものとも山のものともわからない信蔵にではなく、もっとしっかりした家に嫁にやりたいと考えても不思議はないし、また幸右衛門にそういう気持ちがあれば、こちらは引きさがるしかない。おまつはそう考えているようだった。

だが、信蔵の考えは違っていた。暖簾をわけてもらって小さな店を出すことが決まっている。伯父は少しはとくい先をわけてやると言っているが、そこは一からはじめる商売だと思っていた。その苦労をしのいで、商人として一本立ちする自分を助けてくれるのは、おゆうしかないと思っていた。

店が休みのときや、商いの都合で近くまで来たなどというとき、信蔵はよくおゆうに会っていた。おゆうは会うたびに美しくなるようだった。おゆうは十八だった。子供っぽいところが消え、まぶしいほどの娘盛りを迎えようとしていた。信蔵は親たちの約束などというものを離れて、おゆうに惹《ひ》かれていた。嫁をもらうなら、おゆうしかないと思い、おゆうと一緒なら、どんな苦労にも堪えていけるという気がした。

その気持ちは、おゆうにも通じているはずだと思っていた。おゆうは口数が少ない娘だが、眼のいろ、口のきき方を見れば、そのぐらいのことは信蔵にもわかる。

「だいじょうぶだよ。おっかさんが考えていることぐらいわかるさ。心配はかけないよ」

そう言って家を出たが、外に出ると、信蔵は少し胸がさわぐのを感じた。

花曇りというのか、空は晴れているのに、どんよりと濁った空気が町を埋め、日射しはあたたかかった。

——子供じゃないんだから。

お手々つないで花見ばかりしたってつまらない。信蔵は、伯父の家からひまをもらって帰る途中で考えたことを、胸の中でおさらいしてみた。ざっと花見をすませたら、おゆうを誘ってどこかで酒を飲もう、と信蔵は考えていたのである。そのための金も用意していた。酒を飲むのは、おゆうさえいやがらなければ、出合茶屋のようなところがいい、と信蔵ははっきりそこまで考えていた。出合茶屋というところははじめてで、勝手もわからなかったが、信蔵は今日はおゆうをそこに連れこむつもりだった。

——そこまでいけば、あとはなるようになるしかない。

そう思ったとき、信蔵の胸は急に高く動悸《どうき》を打った。

この春、まだいくらか寒さが残っていたころ、信蔵は風邪をひいたという母親を見舞いにきて、家にひと晩泊まった。その夜、おゆうを外に誘い出し、近くの八幡宮の境内まで行った。そこでおゆうと口を吸い合ったことを思い出していた。一年ほど前から、おゆうは信蔵に唇を許していたが、その夜は口を吸い合いながら、信蔵が乳房をさぐるのも許したのだった。

むろん、はじめ信蔵の手は何度か押し返された。だが、くつろげた襟《えり》もとから、信蔵の手が強引に胸に滑りこんだ瞬間、おゆうはがくりと膝を折ったようになって、信蔵に身体《からだ》の重味をあずけてきたのだった。

着物の上からは想像も出来なかった、たっぷりと重い乳房だった。その柔らかく重いものを握りしめながら、信蔵は感動のために、頭の中がしんと虚《うつ》ろになった気がしたのである。

——おゆうだって、いやとは言うまい。

手にあまるようだった乳房の重味を思い出しながら、信蔵はそう思った。胸がひときわ高く動悸を打った。

伯父の店の後とりである従兄《いとこ》の清太郎は、めったに店も手伝わない遊び人で、信蔵は去年あたりから二、三度遊所に連れ出された。だが、まだ女を抱いたことはなかった。従兄は、そういう信蔵を嘲笑《あざわら》ったが、信蔵は、最初に抱く女はおゆうでなければ、となぜかかたくなまで、その考えにこだわっていた。

女を抱くということが、どういうことなのか、信蔵にははっきりわかっているわけではなかった。ましておゆうの身体などということになると、幾重にも神秘な布に覆われているようで皆目見当もつかなかった。

だがそういうこととはべつに、いつからか信蔵の心の中に、一匹の獣としか言いようのない狂暴なものが棲《す》みついたようだった。その生きものは、おゆうの身体を覆う布を爪で切り裂く。いくら裂いても裸が見えて来ないのにいら立って、また布を切り裂く。人には言えない、強く暗い衝動だった。その獣めいた物思いのはげしさに、信蔵は堪えがたい気がする日もあった。そして、おゆうを抱かなければ、そいつはおさまりがつかないのだと思っていた。

おゆうの両親は、機嫌よくおゆうを送り出した。母親は、信ちゃん、よろしく頼みますよ、ごくろうだねとお愛想を言った。母のおまつが心配しているような、へだてを置くような様子は少しも見えなかった。

「おっかさんにああ言われちゃ、あまり悪いことも出来ないな」

信蔵は、おゆうと並んで歩き出しながらそう言った。道を行くひとが、時どき盗みみるようにおゆうの方をふりむくのがわかった。

「悪いことってなあに？」

「今日は、おゆうちゃんと、お酒のもうと思ってるんだ。花見に酒はつきものだからな」

「あたしが酔って帰ったりしたら、おっかさん、きっと驚くわよ」

おゆうは囁《ささや》くような声で言い、くすくす笑った。信蔵も笑った。

「今度っから、二人だけで出ちゃだめだ、なんて言われるぜ、きっと」

笑いながら、信蔵はそう言ったが、おゆうはそれには答えなかった。しばらく歩いてから、不意におゆうが甘えるように言った。

「おぎんちゃんを連れていっちゃだめ？　え、いいでしょ？」

「おぎん？」

信蔵は立ちどまって、おゆうを見た。

「何であんなやつを連れて行くんだい。せっかく二人だけで花見が出来ると思って楽しみにしていたのに」

「一緒に行きましょうって、約束していたの。それなのに、信ちゃんと二人だけで行ったら、出し抜いたようで悪いわ」

「べつに悪いことはないだろ。黙ってりゃいいんだよ。行ったなんて言わなきゃいい」

「あたし、隠しごとって出来ないもの」

とおゆうは言った。うつむいて、つまんだ袂《たもと》をゆすった。

「あのひと、すぐわかるのよ、そういうことは」

「しようがないな」

信蔵は舌打ちした。思惑が違ってきて、いら立っていた。だが、おぎんが一緒ではまずいのだとは言えなかった。

「ほっとけよ、あんなやつ。ただ乱暴に言った。義理立てすることはないじゃないか」

「だって」

おゆうは、また甘えるように言った。

「二人で行こうって、あのひと楽しみにしてたんだもの。ねえ、いいでしょ？」

「………」

信蔵は不機嫌に黙りこんだ。せっかくの二人だけの花見に、友だちを誘おうというおゆうの気持ちがわからなかった。ただの無邪気とも思えないのが不愉快だった。おぎんはおゆうの友だちだが、信蔵も小さいころは一緒に遊んだ仲で知らない人間というわけではない。だが肥って、気が強くがさつで、信蔵は好きでなかった。

「おぎんちゃんを連れていかないのなら、あたしも行くの、止《よ》すわ」

とおゆうは言った。おとなしそうな顔に、少しかたくななものが現われはじめていた。二人で酒を飲もうと言ったのが、おゆうを用心させちまったかな、と信蔵は思ったが、後の祭りだった。

それじゃ、よそうと言ってしまえば、喧嘩《けんか》になる。おゆうと喧嘩はしたくなかった。それに二人ならいいが、三人ではだめだというのでは、下心が見え透くようでもある。

「いいよ。そんなに言うなら」

索然とした気分で、信蔵は言った。うれしい、とおゆうが手を打ったのが、白々しく見えた。おぎんは桶屋《おけや》の娘で、その家の前に立つと、十年一日のごとく変わりない、調子のいい木槌《きづち》の音がした。

おぎんはすぐ出てきた。白く肥った身体を押しかぶせるようにして、おゆうの話を聞いていたが、振りむいて信蔵を見ると、苦笑して言った。

「でも、それじゃ悪いよ。ねえ、信ちゃん」

「いいんだよ。二人でも三人でも一緒に来てくれ」

信蔵はやけくそで言った。するとおぎんは、いつもの気の強さをとりもどしたように言った。

三

「仲のいいところに水をさすのもいまのうちだもんね。待ってて、すぐ支度するから」

「それで、どうしたんだね、つまるところは……」

「どうしたもこうしたもないよ。花見をして、屋台の団子を喰って、帰りに広小路の水茶屋でお茶を飲んで帰ったよ」

「それだけかい？」

「それだけさ」

従兄の清太郎は、煙管《きせる》を口から離して、け、け、けと喉《のど》で笑った。

「こいつはほんとにバカだよな」

清太郎は、片腕をまわして肩を抱いている自分の女に言った。

「夫婦約束をしている女と寝たくて、うずうずしているんだが、不器用だから、いつまでたってものに出来ねえんだ」

「何が不器用なのさ」

「これだ」

清太郎は持ちあげた盃《さかずき》を膳にもどして、女の額を指で突いた。

「お前のような女が、そういう凄《すご》いことを言うから、こいつがますます女をこわがるんだよ。不器用てのは、あのことじゃないよ。女をその気にさせる手ぎわが悪いってことさ」

「かわいそう」

清太郎に肩を抱かれている女が言った。ほっそりして、狐のように唇がとがって、眼尻がつり上がっている。その眼が長いまつ毛に覆われて、どこを見ているかわからないようなところに、ぼんやりとした色気のある女だった。こちら、元気出して、と言って信蔵についている女が酒をついだ。その女は浅黒い肌をして、固肥りに肥っていた。

信蔵は黙って酒を飲んだ。昨日の不首尾がまだ胸につかえていた。夕方店に帰ると、外から使いが来た。根津のいつもの料理茶屋にいるから来い、という清太郎の呼び出しだった。

いつもは伯父に気がねして黙殺してしまうその誘いに、自分から乗ってやって来たのは、清太郎にその話をしたかったからだが、いい酒の肴《さかな》にされただけのようだった。信蔵はやけになって酒をあおった。

「お前な」

昨日から流連《いつづけ》だという清太郎は、酒にもあきたらしく、青白い顔でまた煙草をくゆらせながら言った。

「出かける前から、今日は酒をのもうなんて言っちまうからいけないんだよ。女だってお前、心の中じゃやりたい気はあるんだぜ」

「あら、そうかしら」

と清太郎の女が口を入れた。

「女の方じゃそんなこと思わないわよね、おきみちゃん」

「お前少し黙ってろよ。お前たちのようにあばずれでなく、生娘《きむすめ》の話をしてんだから」

と清太郎は言った。怒るかと思ったら、女はけらけらと笑った。

「その気はあるんだが、女はこわいんだ。心底こわがっているのさ。そこへもってきて、それと悟られるようなことを言っちゃ、お前。そりゃ、女の方が用心するよ」

「そういうもんかな」

「そうさ。不意打ちを喰わせるしかないのさ。不意打ちでどかんとやっちまうのが一番いいんだ」

「でも、そんなことしたら、おゆうちゃんに泣かれそうだな」

「だからお前は、まだ青いって言うんだ」

二十六の清太郎は、まるで三十男が説教するような口調で言った。

「そりゃ泣くかも知れないさ。だが、そんなものは、いま泣いた烏がもう笑うってやつでな。なんのこともありはしないんだ。そのあとは、おゆうって言ったっけ？　その女の方でお前を離さなくなるよ」

「…………」

「おれなんか、ずいぶんあちこちで生娘もひっかけたけど、大概そうだったな。手を切るのに往生したもんだ」

「そういうもんかなあ」

と信蔵は言った。若旦那のおっしゃりようは少し乱暴だけど、女にはそういう気持ちがないとは言えないね。だからこちら、元気出してのみなさいよ、と言って、信蔵についている女が酒を注いだ。

——だが、おれには出来そうもないな。

と信蔵は思った。清太郎の言うことは、ぼんやりとわかる気がしたが、あのおゆうにそんな乱暴な真似は出来ない、と思った。だいいちそんなことをしたら、たちまちおゆうには愛想をつかされ、おゆうの両親には怒られて、いままでの縁もこれっきりになってしまうだろうという気がした。

そう思ったとき、信蔵はあたたかくずしりと重かったおゆうの乳房を思い出していた。それは、おあずけといった恰好で、はるかな遠くに、妙に取り澄ました形で浮かんでいるように思えた。信蔵は身体の中に、いつもの獣の血がざわめくのを感じ、なんとなく物がなしい気分に引きこまれて行った。

「ほんとにお前、元気がないぜ」

酒ののみすぎで、瞼《まぶた》のあたりが少しむくんだようにみえる清太郎が、にやにや笑いながら言った。

「今夜は泊まっていけよ。そうするだろ？」

「いや、おれは帰る」

信蔵はあわてて言った。

「どうして？　親父《おやじ》がこわいかね。なに、おれがうまく言ってやるさ」

「いや、そうもしていられないよ」

「お前、親父よりも女がこわいんじゃないのか」

清太郎は、け、けと喉で笑った。

「そういうざまだから、素人娘になめられるんだぜ。女も知らないくせにやりたがる。そういう男が一番始末が悪いんだぜ」

「………」

「泊まって行きな。そしておきみに、女がどういうもんか教えてもらうんだな」

ほんと、元気出しなさいな、あたしがちゃんと教えてあげるからさ、とおきみという女が言った。清太郎と相方の女が奇声をあげて笑い出した。

その夜、信蔵ははじめてそういう場所に泊まった。帰るのが億劫なほどに酔ってもいた。

「いつまでおっぱい眺めてんのさ。赤ん坊じゃあるまいし」

信蔵が、浅黒く盛り上がっている乳房をなでていると、おきみがそう言い、たくみに身体をよじって信蔵の身体の下に入ってきた。そしておきみが開いた身体の中に、あっという間に吸いこまれた感触があったと思う間もなく、信蔵は終わっていた。

さっさと始末して離れたと思うと、もう軽くいびきをかきはじめたおきみのそばで、信蔵は仰むけのままぼんやりと天井を眺めた。女がこれだけのものだとは思えなかった。おゆうは違うだろうと思い、そのおゆうに内緒で、ほかの女と寝てしまったことを後悔していた。

四

その年の八月の終わりのある夕方。信蔵は八幡宮の近くにある馬場の隅で、おゆうを待っていた。

秋という暖簾分けの約束は、少し遅れていたが、昨日明神下の金沢町に、手ごろな空き店が見つかり、伯父が手金を打ってくれた。店の造作を直し、品物をそろえると、店を開くのは年の暮れ近くになりそうだったが、いよいよ一人立ちする時期が来たことは間違いなかった。

信蔵は、その話をしに、昨夜から家にもどっていた。母親が一人で住んでいる元旅籠町の家は古い借家で、手入れしてもそこで筆屋の店を開けるような家ではなかったから、金沢町に店を持てば、そこに母親を引きとるだけの話だった。母親との話は簡単に済んだ。

その前に信蔵は、帰るとすぐおゆうの家に行き、おゆうを外に呼び出すと、今日の約束をしていた。店を持てば、次は嫁をもらう番である。おゆうのことは、伯父にも内々で話してあった。むろん商売の成り行きを見ての話だが、信蔵はなるべく早くおゆうと一緒になりたいと思っていた。

おゆうには、どこかで飯を喰いながら、そういう話をしようと言ったのである。おゆうは拒まなかった。笑顔でうなずいた。

おゆうを待ちながら、信蔵は、昨夜のおゆうの笑顔を思い出していた。そして、今度はおぎんと一緒でいいかとも言わなかったな、とも思った。春あいうことがあったあと、信蔵は舟遊びとか、螢《ほたる》狩りとか、二度ほどおゆうを誘い出したが、おゆうはそのたびにおぎんを一緒に連れてきた。どう考えても、信蔵と二人切りになるのを避けているとしか思えなかったのである。

——だが、昨夜は何も言わなかったな。

と、信蔵は改めて思った。不意に頬がほてってった。ひょっとしたら、今夜こそおゆうを抱けるかも知れないという考えが、頭をかすめたのである。女にも抱かれたい気持ちがあるのだと言った、清太郎の言葉を思い出していた。すると、胸がゆっくり波打ってくるようだった。

馬場のそばは、広場のように道が広くなっていて、人通りが少ない場所である。いつもは近くの町の子供たちが群れているのだが、その子供たちも帰ったあとに、半分沈みかけている秋の日が、馬場の土堤《どて》越しに力ない光を投げかけているだけだった。

誰かが、わめきながら広場を歩いてくると思ったら、こんな早い時刻に、酔っぱらいだった。四十ぐらいの手間取り人足といったいでたちのその男は、ふらふらと信蔵に近づいてくると、そこで立ちどまって、不意に信蔵を指さして何かわめいた。ろれつが回らず、何を言っているのかわからなかった。ただ血走った眼と、ひげに埋まった口がぱくぱくと開いて、喉の奥まで見えるのを、信蔵は腕組みして眺めた。

そうか、そうか、よくわかったと言いながら、男は危なっかしい腰つきで後にさがり、それからまたふらふらと揺れながら、福富町《ふくとみ》がある路地の方に姿を消した。

男が去って、また静かになった広場の端に、女の姿が現われた。信蔵は胸をおどらせたが、近づいてくる女を見て眉をひそめた。女は待っていたおゆうではなく、おぎんだった。

「またせてごめんね」

おぎんは、近づくと自分が待ちあわせの約束をした人間のようにそう言った。いや、と言ったが、信蔵は落ちつきなくおぎんのうしろに眼を走らせた。

「だめよ。待ってもおゆうちゃん来ないのよ」

とおぎんは言った。色の白い丸顔に、憐《あわ》れむような笑いをうかべている。信蔵はかっとなった。

「なぜ来ないんだい」

「つごうで行けなくなったんだって」

おぎんはけろりとした顔で言った。

「それで、そう言ってくれって、あたしのところに来たのよ」

「それだったら、自分で言いに来たらいいじゃないか」

「言い辛いからでしょ？　約束したのにことわるのって、ぐあい悪いものね」

「…………」

「おゆうちゃんに、なんかご馳走してやるつもりだったんだって？　いいな」

とおぎんは言った。

「あたしも一ぺんぐらい、信ちゃんにそんなふうに誘われてみたいよ」

「じゃ、あんた一緒に行くかい？」

と信蔵は言った。さっきまでは考えもしなかったことだが、おゆうにつれなくされたことで引っこみがつかなくなっていた。そうかと言って家にもどっては男がすたるという気持ちもあったが、信蔵は昼の間に浅草の西仲町にある小料理屋まで行って、部屋をとってもらっていたのだ。

今日の話が、二人にとって大事な話だということはおゆうにもわかっていたはずだと信蔵は思った。それなのに、友だちを使ってあっさりことわりを言うとは許せないという腹立ちもあった。その話のあとで、あわよくばおゆうを抱こうと考えたことを、信蔵はすっかり忘れていた。一途《いちず》に腹を立てていた。

「行こうや、おぎんちゃん。行きたくないひとを誘うことはないんだ」

「あたしはいいけど」

おぎんは、ちょっと不安そうな顔をした。

「でも、おゆうちゃんに悪いよ」

「あんなやつは、ほっとけばいいんだ。ひとの気持ちを汲《く》めない女なんかに、気をつかうことはないよ」

「ほんとにいいの？」

「いいとも」

面《つら》あてに、おぎんと酒を飲んでやろうと思っていた。そしてそのときは、実際にそれ以上のことは考えていなかったのだ。

四半刻後。信蔵はおぎんと西仲町の「すすき」という小料理屋の奥の部屋にいた。二人ともかなり酔っていた。

「あいつは、おれが嫌いなんだよ」

「そんなことないよ。おゆうちゃんは、会うとあんたの話をするもの。こっちはあてられっぱなしさ」

「だったら、なぜおれを避けてばかりいるんだよ、こら」

信蔵はおぎんを引き寄せて肩を抱いた。肥って、やわらかい身体だった。

「そんなこと、あたしが知るもんか」

おぎんは乱暴に言って、顔をあげると信蔵の頬をちゅっと吸った。信蔵は深くおぎんを抱きこんだ。若い娘の匂いが鼻腔《びこう》にあふれた。おぎんはじっとして動かなかった。

「あったけえ身体だ、おぎんちゃん」

「そうお？」

「ここに手を入れていいか」

信蔵はおぎんの襟元から、胸に手を入れようとした。

「だめよ」

一瞬、おぎんは正気を取りもどしたように胸もとの手をはずして、信蔵の顔を見たが、信蔵が無言で荒々しく胸をさぐると、急に身体の力を抜いて信蔵の肩にすがった。

やわらかく、どこまでもやわらかく掌の中で弾むおぎんの乳房を握ったとき、信蔵は頭の隅をおゆうの乳房がかすめて通りすぎたのを感じた。だが、信蔵は手の動きをとめようとはしなかった。荒々しくおぎんの着物の襟をくつろげ、乳房を引き出そうとした。

浅黒く盛り上がっていた根津の女の乳房を思い出していた。不意打ちを喰わせるんだと言った従兄の顔を思い出していた。信蔵は、暗い渦のようなものに巻きこまれて、そこから抜け出せなくなっている自分を感じた。

白く、思ったより小ぶりで形がいい乳房が、襟の外にこぼれ出たとき、おぎんは微《かす》かにおびえ泣くような声をあげた。そして、ひしと信蔵にしがみついて来た。

——あの襖《ふすま》をあけると、夜具が用意してあるな。

一点さめた気持ちで、信蔵はそう思っていた。いまはそればかり考えていた。渦が解けて、一方的な奔流となって自分を押し流そうとしているのを感じた。

五

——あの夜が、運命の変わり目だったな。

熱いお茶をすすりながら、信蔵は八年前のその夜のことを思い出していた。

信蔵は両国の橋ぎわに近い水茶屋にいた。ひさしぶりにおゆうの姿を見た驚きが、まだ胸の底に残っていた。そのことが心につかえて、そのまま家にもどらずに、水茶屋でひと休みする気になったのである。すっかり夜になっていたが、腹はすいていなかった。

——やはり、おれのせいなのかね。

信蔵は、客の話し声だけで静かにざわめいている店の中で、茶碗を掌の中にあたためながら、一人孤立したような気分で、まだそのことを考えつづけていた。

あの夜、おぎんとの間にあったことを、信蔵は過ちだったと思おうとした。酔いがさめ、夜が明けてみると、それが間違いだったことは明らかだと思われた。

朝、伯父の店に帰る前に、おぎんを呼び出して八幡宮の境内に行くと、そう言った。詫《わ》びを言い、忘れてくれと言った。

おぎんはうつむいて聞いていたが、信蔵が言い終わると、顔をあげてけらけら笑い出した。ひとしきり笑ってから、おぎんは真面目な顔になって言った。

「気にしないでよ、信ちゃん。あたしも悪かったんだから。でも、おゆうちゃんには悪いことをしたと思うけど、昨夜のこと、あたしは悔んじゃいないよ」

「済まなかったよ」

「心配しないで。誰にも言わないから」

おぎんはさばさばした口調で言い、帰ると言って背をむけた。が、五、六歩行ったところで、不意に振りむいた。

「もう、信ちゃんには会わない方がいいわね」

そう言うと、今度は振りむかずに急ぎ足に境内を遠ざかって行った。信蔵がおぎんを哀れだと思ったのは、その背を見送ったときだった。だが一方で、おぎんが面倒なことも言わず、めそめそ泣いたりもしなかったことにほっとしてもいたのである。

そのあと、信蔵はおゆうにも会わず、むろんおぎんにも会わなかった。店を出す支度に追われたこともあったが、そのいそがしさに身をまかせることで、犯した過失を忘れようともしていたのである。おゆうを嫁にする気持ちは変わっていなかった。

だが、その虫のいい算段が、無残に打ち砕かれる日がやって来た。年が明け、正月のにぎわいが終わったころ、信蔵の店におぎんがやってきた。ちょうど信蔵が店をしまいかけていた夕方だった。

突然たずねて来たおぎんに、信蔵は顔色が変わるほど驚いたが、ともかく上がれよ、と言った。だがおぎんは家には入らなかった。家の中にいる信蔵の母親をはばかっている様子が見えた。

仕方なく信蔵は、母親にことわって外に出た。足は自然に、人気のない神田川の岸の方にむかった。寒い日で、川岸の土堤には朝の霜柱がそのまま残っていた。夕方になってようやく雲の間から顔を出した日が、あっという間に落ちて、その残光が薄く霜柱を染めているのが、よけいに寒ざむとした感じをあたえた。

「何か用だったのか」

筋違御門《すじかいごもん》前の橋ぎわを通りすぎて、しばらく行っても、まだおぎんが黙っているので、信蔵はそう言った。少し不機嫌になっていた。もう会わないなどと立派なことを言いながら、突然にたずねて来たりして、やっぱり女だなと腹立たしく思い、またそうしてたずねて来たおぎんにおびえてもいた。

信蔵がそう言うと、おぎんはやっと足をとめた。だが信蔵を振りむかずに、顔をそむけたまま言った。

「赤ちゃんが……」

「え？　え？」

と信蔵はどもった。するとおぎんがくるりと振りむいて信蔵を見た。おぎんの丸い顔には、あるかがやきのようなものが現われていたが、信蔵と眼を見あわせると、そのかがやきはみるみる薄れて、陰惨な暗い顔に変わった。

「信ちゃんには、迷惑をかけないつもりなのよ。でも、一人でいると心細くなって」

まっすぐ信蔵を見つめたまま言うと、おぎんは不意に顔をゆがめ、ぽろぽろと涙をこぼした。醜い泣き顔だった。その顔を茫然と見つめながら、信蔵は自分がまがまがしく黒い運命の手に、がっしりと鷲《わし》づかみにつかまれてしまったことを感じたのだった。

ふた月後に、信蔵は腹のふくれたおぎんと簡単な祝言をあげ、所帯を持った。その間おゆうから、何のたよりもなかった。おゆうの両親も何も言って来なかった。

——見捨てられたのだ。

と信蔵は思った。自分から顔を出せる立場ではないので、よけいに強くそう思った。そういう一種の醜聞のたぐいは、足早に町内に知れわたるのである。小間物屋の親子が、そのことを知らないはずはなかった。知っていて、おゆうより数段器量の劣る、おぎんのような女をつかんでしまったおれのドジ加減を、陰で笑っているかも知れないという気がした。

——もともと乗り気じゃなかったのかも知れない。

信蔵はそうも思った。口約束とはいえ、父親同士で言いかわしたことがあるから、むげにことわることも出来ないでいたが、本心はもっとちゃんとした家に嫁がせたいと親は思い、おゆうにもそう言っていたのではないかと、そこまで考えた。

そう考えると、いろいろ納得出来ることがあったからである。おゆうの母親は、行けば笑顔を見せ、おゆうを外に呼び出しても悪い顔はしなかったが、一度も家の中に上がれとは言わなかったし、おゆうだって、ふだん親にそう言われているから、昼は許しても身体まで許そうとはしなかったのでないか。

おゆうはもっといいところに嫁にいける女だし、小間物屋では今度のことをもっけの幸いと考えたかも知れない。そう考えれば、今度の見事なほどの黙殺ぶりもよくわかる、と信蔵は思った。

結局おれには、おぎんのような娘が、分相応ということなのかも知れないと、次第に信蔵はそう思うようになった。そう思うのは、一緒になってみて、おぎんを少し見直しているせいもあった。

おぎんは案外に家事に巧みな女だった。掃除に洗濯、飯の支度と骨身を惜しまずくるくると働き、信蔵の母親を大事にした。大きな腹を抱えて嫁に来たというひけ目があるにしろ、ついこの間までのがさつな物言いも影をひそめ、家の中のことをきちんと始末しているおぎんが、信蔵には意外だった。

信蔵は、だんだんにはじめのころの不満を忘れた。最初の子は女だったが、三年目にまた一人、今度は男の子が生まれるとおゆうのことは次第に忘れた。店もいそがしくなっていた。背負い売りに毛が生えた程度だった商売がようやく根づきはじめていた。店にも客がつき、いいとくい先もつかむと、小僧を一人雇った。そうして八年が過ぎたのである。

――庄助に会ってみようか。

茶碗を置いて、信蔵は不意にそう思った。庄助は町内の幼馴染みである。いまは父親のあとをついで畳屋をしているはずだった。庄助の女房も、おゆうやおぎんより年下だが、やはり町内の人間だったはずである。そこへ行けば、おゆうが、なぜ裏店《うらだな》住まいなどしているのかわかるだろうと思った。それがおれのせいなのかどうかもつかめるかも知れない。

金を払って、信蔵は外に出た。ひやりと冷たい夜気の中に踏み出しながら、信蔵はむかし、八幡宮の暗い境内で乳房をゆだねたおゆうのことを思い出していた。胸も弾むようだったそのときの記憶は、いまは色あせて物がなしいものに思われるばかりだった。

六

家にもどると、茶の間にはおぎん一人がいて、縫い物をしていた。

「おそかったじゃありませんか」

おぎんはちらりと眼だけ上げて言った。

「うむ」

「ごはんは、すんだでしょ？」

「いや、まだだ」

「あら、たいへんだ」

おぎんは縫い物を下に置いて、そそくさと台所に立って行った。

——弥作が来るようになると、女中を一人雇わなくちゃならんな。

と信蔵は思った。奉公人も三人になっていた。一人は通いで、小僧二人が二階に寝泊まりしている。母親のおまつは二年前に病死したが、昼の間は奉公人をいれて七人の所帯になる。おぎんは何も言わないが、家の中の仕事はかなりきつくなっているはずだった。

台所からおぎんが、寒いから一本つけますか、と声をかけてきたのに、信蔵はそうしてくれ、と言った。

飯が済むと、おぎんはすぐに後を片づけてお茶を入れた。そしてまた縫い物にもどった。一緒になった当座は、不器量な女だと思い、この女と一生暮らして行くのかと、自分の軽率さを呪《のろ》ったりしたものだが、子供を生み、人にはおかみさんと呼ばれ、奉公人も置いている中に、女にもそれなりの貫禄のようなものが出てくるものだな、と信蔵は不思議なものをみるようにおぎんを眺めた。

おぎんは、根が生えたようにどっしりと坐りこんで、すばやく針の手を運んでいた。その姿から信蔵は、汚いなりをした子供の頭を殴りつけ、引きずるように家の中に追いこんでいたおゆうの姿を思い出していた。寒ざむとして、胸がふさがるような光景だった。

「今日、めずらしい人に会ったよ」

お茶をすすってから、信蔵はそう言った。

「だれですか？」

「おゆうさんだ」

おぎんが針の手をとめて、黙って信蔵を見た。

「いや、会ったと言っても、口を利いたわけじゃない。むこうはおれに気づかなかったようだ」

筆師の弥作の裏店をたずねて、偶然におゆうを見かけたことを、信蔵は話した。あまりしあわせそうには見えなかった印象も、正直に言った。おぎんは黙って聞いていた。

「正直言って驚いたよ。あのひとはどっかいいところに嫁に行って、しあわせに暮らしていると思ってたからな」

「………」

「男ってものは妙なもんでね」

信蔵は苦笑した。

「おれはお前とああいうことになって、あのひととは縁が切れたわけだが、いましあわせそうでないのは、おれのせいもあるのかと考えたりしたんだ」

「そんなことはないと思うけど」

おぎんは小さい声で言った。

「いや、ともかくそんなことが気になったから、帰りに庄助、ほら畳屋の庄ちゃんのところに寄って、いろいろ聞いてみたのだ」

信蔵とおぎんが一緒になった前後から、おゆうには降るように縁談があつまった。だが、不思議にまとまらなかったな、と庄助は言った。

「それでよ、二年ぐらい経ったかな。そのうちに、おゆうちゃん、変なやつにひっかかったんだよな、おい」

と庄助は女房に言った。浅草寺《せんそうじ》のあたりで、地回りのようなことをやっている若い男とひっかかりが出来、おゆうはしばらくその男と遊び暮らしていた。

「それであの大工との話がまとまったときも、おゆうちゃんの家にその男が乗りこんで来たりして、ひと騒動あったんだ。おゆうちゃんの家ではだいぶ金出したらしいって噂《うわさ》があったぜ」

「…………」

「だから、おゆうちゃんが嫁に行ったのは、ずいぶんおそかったんだよ。二十すぎていたな、おい」

「二十一の秋だよ」

赤ん坊に乳をふくませていた、庄助の女房が、顔をあげてぽつりと言った。無口な女房だったが、そういうことはよくおぼえていた。

「そういうことだったらしいんだな」

と、信蔵はおぎんに言った。

「それで？」

おぎんは、ちょっと上眼づかいに信蔵の顔を見た。

「まだ自分のせいだと思ってるんですか」

「ま、庄助の話を聞いたかぎりじゃ、そうじゃあるまいという気がしたがね」

「あのね」

おぎんは言いかけてから、言おうか言うまいかと、思案する表情になった。

「何だい、言ってしまいな」

「あのひと、おゆうちゃんね」

「うむ」

「あんたが嫌いじゃなかったでしょうが、惚《ほ》れちゃいなかったと思いますよ」

え？　という顔になって、信蔵はおぎんを見た。いきなり不意を打たれたような気がしていた。その信蔵の顔に、おぎんはうなずいてみせた。

「おゆうちゃんが来ないんで、あんたあたしを誘ったでしょ？」

「うむ」

「あのときあたしは、ついて行けばしまいにどうなるかわかっていた。そういうことはおゆうちゃんだってわかっていたと思うよ。あのころはあんた、何かこう、ぎらぎらしていたもの」

おぎんはまぶしそうに信蔵を見、少し赤くなって笑った。信蔵も苦笑した。

「惚れていなくちゃついて行けないよ、こわくて」

あたしは前からあんたが好きだったし、どうなってもいいという気持ちでついて行ったけど、とおぎんは小さい声になってそう言った。

「ふん。そういうもんかね」

と信蔵は言った。だが、なんとなく憑《つ》きものが落ちたような気持ちがした。おゆうとの間に、急に白々とした距離が出来た感じがあった。おゆうは、身持ちが固かったというだけのことかも知れないじゃないか、とも思ったが、どこか興ざめしたようなその感じは変わらなかった。

お茶をくれ、と言って信蔵は茶碗をつき出した。茶を換え、新しく淹《い》れ直しながら、おぎんは言った。

「でも赤ちゃんが出来たときは、罰があたったと思った。友だちのいいひとに惚れたりした罰」

「…………」

「いまだから言えるけど」

はい、お茶と信蔵にお茶を渡すと、おぎんは縫い物にもどった。

「あのときは必死だった。親には叱られるし、あんたに迷惑はかけられないし、もう赤ちゃんと一緒に死ぬしかなかろうと思ってさ。あんたの顔を見に行ったんだものねえ。あんたがやさしくしてくれたから、死なずにすんだけど」

「やさしくもなかったろうぜ」

鬼のような顔をしたはずだ、と信蔵は思った。若いとはいえ、よくそんな危ない橋を渡れたもんだと、苦い気持ちで思う一方で、しかし有難いことに、何とかボロも出さず、辻《つじ》つまを合わせて生きて行くもんだな人間というやつは、とも思っていた。

ぼんやりとおぎんの縫い物の手もとを眺めていると、おぎんが顔をあげた。

「おゆうちゃんに、会うの？」

「べつに。人の女房に会うことはないさ」

「会ってもらわない方が、あたしはうれしいけど」

とおぎんは言った。おぎんの顔は、うつむくとベソをかいているように見えることがある。いまもそういう顔で、針の手を動かしながら、おぎんはそう言っていた。子供のぐあいが悪いといっては、深夜おろおろと医者に走り、死病にとりつかれた信蔵の母親を寝ずに看取って、八年一緒に暮らして来た女房の顔でもあった。

「なに、あのひとはあのひとで、ちゃんとやって行くさ」

と信蔵は言った。そうさ。子供を殴りつけ、大酒飲みの亭主といさかいながら、おゆうはおゆうで、何とか辻つまをあわせて生きて行くだろう。

空になった茶碗を、掌の中でもてあそびながら、信蔵はそう思い、若いころにあった、醜悪でそのくせ光かがやくようでもあった思い出が、少しずつ遠ざかるのを感じていた。

（「小説現代」昭和五十三年三月号）

夜の雷雨

一

「これが家賃でな、こっちが喰い扶持《ぶち》だ。まちげえねえようにしな」

弟の松蔵は、巾着のなかから、すでに包んである紙包みを二つ出して、おつねの膝《ひざ》の前に押してよこした。

「すまないねえ」

おつねは紙包みをにぎって押しいただいた。そして、いまのすばやい手つきを、弟がじっと見つめていたのを感じながら、うつむいて言った。

「いつも、お前に心配かけてさ」

「しょうがねえじゃねえか。たった一人の身内だ。干乾《ひぼ》しにもできめえよ」

松蔵はずけずけと言った。そして不思議なものを眺めるような目つきで、おつねを見た。

「病気もしねえようだな。おれよりも元気そうだぜ、ばあさん」

「自分でもいやになるよ」

おつねはうつむいたまま、声をふるわせて言った。

「はやくお迎えが来てくれりゃいいと思ってね。仏さまをおがむたんびに頼んでいるのだけど、風邪ひとつひかないんだから、あたしゃよっぽど業《ごう》が深いのだろうさ。ほんとにこんなに長生きしちまって、お前に迷惑かけるなんて、夢にも思わなかった。あたしゃ、自分が情けないよ」

おつねはぽろぽろと涙をこぼした。

「せめて清太でも帰って来れば、こんな厄介《やっかい》はかけずに……」

「ばあさんや」

松蔵はうんざりした顔つきで手を振った。

「そのグチは聞きあきた。そら涙も見あきた。いいってことよ。おれが生きてる間は、めんどうみることに決めてんだから、おれにまで芝居つかうことはいらねえや」

「……」

「だがの。かわいい孫かは知らねえが、清太はあてにしねえほうがよかろうぜ。うん、あいつは帰《けえ》らねえほうがいい」

腰をあげた松蔵を、おつねは家の戸口まで見送った。

松蔵は背たけも肩幅もあって、がんじょうな男だが、六十を過ぎてさすがに少し腰が曲がって来た。髪は真白だった。真白な髪をした弟が、裏店《うらだな》の木戸をくぐって出て行くのを、おつねはしばらく見送った。

松蔵は外神田の金沢町《かなざわ》で畳職をしていて、三月《みつき》に一度ほど、おつねが住んでいる車坂の裏店をたずねてくる。おつねが子供夫婦に先立たれ、孫にも捨てられて、たったひとりで裏店住まいをしているのをあわれんでのことだったが、松蔵の気持ちの中には、おつねがひとりになったときに、自分の家に引きとれなかったうしろめたさもひそんでいるようだった。

おつねと松蔵の女房おとくは、若いときから気が合わず、何かと言えば角突《つの》き合って来た。二人とも勝気だったせいである。そのために、二軒の家は、ひところまったく行き来を断っていた時期がある。

そのころおつねは、同じ下谷《したや》の池《いけ》ノ端《はた》で、小間物屋をしていて景気がよかった。やっと小さな畳職の店を持ったばかりの弟の嫁が、何かといえばさからうのを、頭ごなしにやっつけていたのである。

そしておつねは、じっさいに小さいときから畳屋に奉公に出た弟をかわいがり、一人前の職人になるまでずいぶん面倒も見たのである。その嫁に大きな口はきかせないという気持があった。

しかしそのころのおつねの仕打ちを、おとくは執念ぶかくおぼえていたらしかった。おつねがひとりになったとき、松蔵はばあさん一人ぐらい引き取っても、どうということもないと思ったようだったが、おとくはきっぱりとことわった。松蔵はいま間口のひろい表店に住み、職人を五人も使う畳屋になっているのだが、それでもおとくはことわった。後つぎの息子夫婦も母親の肩を持った。

それで松蔵は、三月に一度、裏店にいる姉をたずねてくるのである。松蔵が金を運んでくることも、女房のおとくが快く思っていないらしいことは、松蔵の話のはしばしからも窺《うかが》われたが、松蔵は六十を過ぎても、まだ店に出て一人前の仕事をする。勝気なおとくも、その金にまで口を出すことははばかっているらしかった。

姉弟といっても、つき合いが薄ければ他人同様になる。げんにおつねは、松蔵の女房を妹だなどとは思っていないし、後つぎの甥《おい》の顔もろくに知らないほどである。それなのに、たった一人の姉だと思って、松蔵がたとえかつがつ喰えるほどにしろ、金をとどけてくるのを、有難いと思わずにはいられない。

だが、その松蔵にしても、孫の清太をこきおろすことは許せない。

――なにさ、六十づらさげて女房の尻にしかれて。

金をとどけにくるのは、ばばあまだくたばる気色はないかと、様子を見にくるのだろうさ。松蔵の、帰りがけのひと言がしゃくにさわって、おつねは家の中にもどりながら、心の中でひとしきり弟を罵《ののし》った。

清太が何をしたかは、おつねにも十分わかっている。息子夫婦が、はやりやまいにかかって間をおかず死んだときは、おつねも呆然としたが、そのあとは懸命になって孫の清太を育てた。この子が二十《はたち》になったら、嫁をもらって店を譲って、とそればかり考えて、必死に働いたのだ。

だが清太は、二十になる前に、いっぱしの極道に出来上がっていた。そしておつねがたのしみにした二十を過ぎたときには、店も住居も売っぱらって、どこかに姿をくらましてしまった。悪い女がついていた、という噂《うわさ》をおつねが聞いたのは、裸にされて外にほうり出されてからである。

――なあに、いまに眼がさめて、帰ってくるさ。

とおつねは疑わずに思う。両親を失ったとき、清太はまだ五つだった。その孫があわれで、おつねは毎晩肌に抱いて寝た。欲しがる物は何でもあたえ、子供同士の喧嘩《けんか》で、清太が泣かされて帰ると、泣かせた相手の家にどなりこんで行った。

清太が道楽息子に育ったのを見て、松蔵やまわりの者は、おつねが甘やかしたからだと非難し、ばあさんっ子は三文安いと嘲《あざけ》ったが、おつねは人情を知らない奴らが何を言うかと思っただけである。

悪ければ悪いで、その孫が不愍《ふびん》でならなかった。おつねには、自分の胸に取りすがって眠ったころの、清太のすべすべした肌の感触が、まだなまなましく残っている。

松蔵が帰って半刻《はんとき》ほどすると、おつねはふだん着の単衣《ひとえ》を、いくらかましな浴衣に着がえて、家を出た。七十近いおつねの背はまるく曲がって、歩いているうちに、ともすると杖《つえ》をにぎっている手もとよりも、頭の方が下にさがる。そのわりには、足の運びはあぶなげなかった。おつねは、左手に小袋をさげている。

「暑いのに、外へ行くかね」

井戸端で洗い物をしていた裏店の女房が、声をかけて来た。

「あいさ。ちょっとそこまで」

おつねは、さっき弟の前で涙をこぼしていた年寄りとは思えない、はればれとした声で答え、杖をあやつって木戸を出た。

二

おつねは町を出ると、浅草寺に通じる道をわきめもふらず東に歩いた。小きざみだが、足は早い。山崎町の北はずれをすぎ、幡随院《ばんずいいん》裏を通りすぎたところで、おつねは道ばたの柳の下でひと息入れ、首すじの汗を拭いた。

梅雨上がりの町筋には、強い日の光があふれ、道は白く乾いている。だがその道に、ひと筋涼しい風が吹き流れていて、いくらか日の暑さをさえぎっていた。

おつねはまた、ちょこまかと足を動かして歩き出した。そして燈明寺の門前の町を通り抜けると、寺の境内に入って行った。広い境内には樹木が茂って日かげをつくり、町から入りこむと肌寒いほど涼しかった。蟬《せみ》が鳴いていた。

おつねは本堂にお詣《まい》りしたあと、横手の延命地蔵の祠《ほこら》にまわり、その前に膝を折ると、長い間首を垂れてお祈りをした。おつねの口から、ぶつぶつと小さな声が洩れたが、境内には人気もなく、その声を聞きとがめる者もいなかった。

「おばあちゃん」

おつねが顔をあげるのを待っていたように、うしろから声がかかった。若い娘の声だった。

おつねの顔に、波のように笑いがひろがる。ふりむいたおつねの前に、顔は浅黒いが、眼鼻だちのかわいい娘が立っていた。ほっそりとした身体《からだ》つきで、年は十六、七にみえる。

「昨日は来た？」

娘は前かけで、濡れた手を拭きながら笑いかけた。そのへんの家から駆け出して来たという恰好だった。

おつねは笑顔のまま、首を振る。

「おとといは?」

「……………」

「さきおとといは?」

「来た」

「ごめんね」

と娘は言った。そしておつねの手から杖をとりあげると、自分の手にすがらせて、本堂の階段までみちびき、そこにかけさせた。

「仕事がいそがしくて、あたいはずっと来られなかったんだよ」

「なんの、気にすることはないよ」

とおつねは言った。前に立っている娘の手を取って、ひたひたと手で叩いた。

「あんたがいそがしいのはわかってるさ。会えるときに会えばいいんだよ」

「そうね。仕方ないもんね」

「仕方ないさ。奉公の身だもの」

「清太さん、まだ帰らない?」

「まだだ。こないだ手紙が来てね。帰るのは半年先になるってさ」

「半年も？」

「そう。それだってつぶれた店をおこすために働いてんだから、こっちはがまんしなきゃあね。あれも感心な子だよ」

「帰ったら、すぐにお店を開くの？」

「手紙には、そう書いてあったよ。小さな店でいいのさ」

「やっぱり小間物屋？」

「そうだよ。そして、あんたを清太の嫁に出来たら、どんなにいいだろうね」

「いやだあ、お嫁なんて」

娘は手で口を覆い、身体をくねらせて笑った。

「ところで、藪入《やぶい》りがもうすぐだね」

「ええ」

「かならずおいでよ。待ってるよ」

「また、行ってもいいの？」

「いいともさ。ごちそうこしらえて待ってるよ」

「じゃ」

と言って、娘は袖に手を入れると、紙に包んだものを、おつねの手に握らせた。

「あたい、もう行かなきゃ」

「もう行くのかい？　いそがしいねえ」

「仕方ないわ。また後でね」

娘は後じさって笑顔を見せ、くるりと背をむけると、境内の横の方に走って行った。裾からこぼれる赤い二布《ふたの》と白い足が、踊るように遠ざかるのを、おつねは眼をほそめて見送った。おつねの顔は、上気したように、ほんのりと赤くなっている。

おつねは娘にもらった紙包みを開いてみた。干菓子が二つ入っていた。おつねはしばらくその菓子を眺めてから、大事なものを包むように紙に包みなおし、小袋に入れて立ち上がった。

娘の名はおきく。川越《かわごえ》の在から、燈明寺の隣の山伏《やまぶし》町にある足袋屋に奉公に来ていた。女中ではなく、縫い子だった。

おつねは車坂の裏店に引っ越して来たとき、以前燈明寺の地蔵さまにお詣りしたことを思い出して、それから時どき裏店を出て寺に来るようになった。そして去年の秋ごろから、境内で会ったおきくと口をきくようになったのである。

おきくは江戸に知りあいがいるわけでもなく、また店にも気が合った友だちがいるわけでもないらしかった。はじめて会ったときの、おきくのさびしそうだった姿を、おつねはいまでもおぼえている。だから、そのときふっと声をかける気になったのである。

昼のいっときの休みに、おきくは店を抜け出して境内に来る。うまくおつねと出会うときもあったが、会えないで帰るときもある。おつねの方にしてもそうだった。今日はいるかな、と思って来ても、おきくの姿が見えないと、がっくり拍子抜けした。しまいには、地蔵さまにお詣りに来るのか、おきくという娘に会いに来るのかわからないような、妙な気持ちになった。

そういう時どきの行きちがいが、おばあさんと孫のような二人の気持ちを、だんだんに強く結びつけて行ったようだった。二人はお互いの身の上話をしたり、おきくの奉公の様子を話の種にしたりした。

身の上話と言っても、おつねは自分のことを正直に話したわけではない。店は、息子夫婦が急死したためにつぶれたことにし、孫の清太は店を盛りかえすために、上方《かみがた》に働きに行っている感心な若者に仕立てあげた。

そういう作り話をするのは、はじめてではなかった。車坂の裏店に、松蔵につきそわれて引っ越して来た当座、裏店の者にしばらくそういう話を触れまわったことがある。裏店の者はすっかりおつねに同情したが、その中に池ノ端に知り合いがいる者がいて、おつねの嘘は間もなくばれてしまった。

裏店の者は、おつねを嘲り、油断のならない嘘つき婆さんだと噂した。おつねは、いままも裏店の中で孤立している。

だがおきくは、おつねの嘘を、何の疑いも持たずに信じた。そして孤独な身の上をしきりにあわれんでくれた。そのなぐさめは、おつねの胸に沁《し》み通った。そしてもうひとり、新しい孫が出来たような気持ちで、おきくに会うのが楽しみになったのである。今年の正月の藪入りに、おつねは自分の家におきくを呼んでもてなし、一晩泊めた。

境内を抜けて町に出ながら、おつねは清太は半年たてば帰ってくるだろう。そして自分がつぶした店をりっぱにたて直し、小間物屋をはじめるに違いないと思った。清太は二十四、おきくはまだ十六だが、一緒に出来ない年でもない、とおきくに会ったあといつも考えることを、胸の中で繰り返した。その考えは、おつねを酔わせる。

おつねは日ざかりの道をものともせず、せかせかと杖をあやつって道をいそいだ。

裏店にもどり、自分の家の敷居をまたぐと、おつねは家の中の暗さに眼が馴れずに立ちすくんだ。そして眼を開くと、土間に見知らぬ男が二人、立っていた。

男たちは、おつねを見おろしてにやにや笑った。年は若いが、人相の悪い男たちだった。

「ここが清太のうちだってな、ばあさん」

と年かさの方の男が言った。

「そうですよ」

とおつねは言った。胸に氷でもあてられたような悪い気分に襲われていた。店がつぶれる前、こういう男たちが、入れかわり立ちかわり清太をたずねて来たのを思い出したのである。

「清太はいるかい」

「見ればわかるでしょ」

とおつねは言った。

「もう奥までのぞいたんじゃないのかい？　ひとの留守に入りこんでさ」

「怒るなよ、ばあさん」

男は面白そうに笑った。

「ものの順序としてそう聞いただけだ。いまいないことはわかってるさ。で、いつもどるんだい？」

「もどりゃしませんよ」

おつねは腹を立てて言った。こういう男たちが、清太を家にもどることも出来ないような場所に連れ去ったのだ。

「いつもどるかなんて、こっちこそあんた方に聞きたいね」

「あれ、話が喰い違ってら」

男たちは、顔を見合わせた。そしておつねを問いつめる険しい口調になった。

「清太の野郎は、十日ほど前に江戸に帰って来てるんだ。ここに顔を出したんだろ？」

「帰って来たって？　どこから？」

おつねは、口をあいて二人の男を見上げた。

「上方から帰って来たのかね？」

「上方だと？」

年かさの男はチョッと舌を鳴らして、ばばあだいぶもうろくしてるぜ、と言った。

「上方なんかじゃねえよ。野郎は不義理をして、ずっと上州の方にずらかってたんだ。ここへ来たのかい、来ねえのかい？　はっきりしろい、ばあさん」

「来やしないよ」

おつねは男たちを押しのけて家の中に入りながら、つぶやいた。

「かわいそうに、あの子はあたしがここにいるのを知らないんだ」

三

男たちが帰ると、おつねは遅い昼飯を喰べた。そしてあとをしまうと、ころりと畳の上に横になった。

おつねが眼をさまして起き上がったのは、七ツ（午後四時）近くなってからだった。おつねは土間に降りて杖を持つと、また外に出た。日射しはいくぶん弱まっていた。

上野の山下を通りぬけて、池ノ端まで来ると、おつねは顔をそむけるようにして、いそぎ足に町を歩いた。そして小倉屋という一軒の履物屋の前まで来ると、はじめて足をとめて店の奥をうかがった。

店には女客が二人いて、その前に番頭風の中年男と小僧が坐って相手をしていた。そして帳場には若い男が坐り、うつむいてそろばんをいれている。

おつねは道を横ぎって店の軒下に入ると、そこで咳《せき》ばらいをした。番頭と小僧は、客の相手に夢中で、若い男はそろばんをはじいていて、おつねの咳ばらいに気づいたふうはなかった。おつねはもう一度咳ばらいをした。すると帳場の若い男が顔をあげて入口を見た。

男はしばらくぼんやりした顔でおつねを見ていたが、急に顔色を動かして、あわただしく帳場を出た。そして履物をつっかけると外に出て来た。

男が先にたち、おつねがその後について店の前を離れると、二人はしばらく無言で歩いた。男はとちゅうから、横町に入りこみ、狭い路地を突きぬけて町の裏手の道に出た。そこから土堤《どて》越しに、不忍《しのばず》ノ池《いけ》の水が、白く日を弾いているのが見えた。

「しばらくじゃないか、おばあちゃん」

と、若い男は言った。

「元気そうじゃないか」

「あんたも元気そうで何よりだよ。いいねえ、ああしてちゃんとお帳場に坐っていられるんだから。あんたは利口者だよ」

「そりゃ、皮肉かい」

男はにが笑いしながら言った。善次郎という名で、履物屋の後とりだった。この男が清太に女遊びを教え、手なぐさみの楽しみも教えたのだ。

「べつに皮肉なんかじゃないよ。清太がバカだっていう話ですよ」

「その話なら、もう何べんも謝ったんだから、そろそろかんべんしてくれよ」

と善次郎は言った。そして警戒するような眼つきで、おつねを見た。

「ところで、何か用かね。おばあちゃん」

「用がなけりゃ、来ちゃいけないかね」

「いや、そういうわけじゃないが」

善次郎はおどおどした顔色で言った。

「おれ、いまはぷっつりと遊びを断っているんだ。親爺《おやじ》がやかましくてね。慎んでいるんだ。だから、おばあちゃんがたずねて来たりすると、ぐあいが悪いんだな。親爺は、おれと清太のつき合いを知ってるからな」

　ふん、とおつねは鼻を鳴らした。

「いまは孝行息子に衣更えしたってわけですかね。けっこうなことですよ」

「おばあちゃん、用があるんだろ。早いとこ言ってくれよ」

「清太が来なかったかね」

　とおつねは言った。善次郎がぎょっとした顔になった。

「いいや」

「江戸にもどっているらしいんだよ」

「…………」

「そのうち、きっとあんたをたずねてくると思うよ。なあに、そんなに青い顔をしなくたっていいよ。来たら、あたしの家を教えてやっておくれ」

「わかった」

「用ていうのはそれだけ。おじゃましたね」

「ちょっと待てよ、おばあちゃん」

　善次郎はおつねをひきとめると、懐から財布をひっぱり出し、金をつかみ出した。

「少しだが、なんかの足しにしてくれ」

「つまらない真似はおよしよ」

おつねは善次郎の手をふりはらった。一歩銀が二つ三つ地面にこぼれた。

「あんたのめぐみは受けないよ」

言い捨てると、おつねは杖を鳴らして歩き出した。

四

おつねは、清太が裏店をたずねてくるのを待った。そうして待つ日がつづくと、清太はおきくに話したように、やはり上方に働きに行って、金をためて帰ってくるのだ、という気がした。たずねて来たとき、留守にしてはいけないと思って、家を空けなかった。燈明寺にも行かなかった。

だが清太は来なかった。そして藪入りの七月十六日になったのに、おきくも来なかった。——ずっと会わなかったから。

おきくは来にくくなったのかも知れない、とおつねは燈明寺に行かなかったのを悔んだ。そして翌日さっそく、地蔵さまのお詣りに行ったが、おきくには会えなかった。帰り道で、おつねはにわか雨にあい、ずぶ濡れになって家にもどった。そして世の中に見捨てられたような、暗い気持ちになった。

三日続けて地蔵参りに行っておきくに会えなかったおつねは、四日目に思い切って足袋屋を訪ねた。

「あんたは、どなたですか」

おきくさんは、と聞いたおつねを、足袋屋の女房は不審そうに見た。

「正月の藪入りのときに、おきくさんを泊めた者ですが」

「ああ、車坂のおばあさんというのは、あんたさんですか」

足袋屋の女房は、急にそっけない表情になった。

「親戚《しんせき》でも何でもないひとだというから、あたしはおよしと言ってとめたんですがね。そのせつはご迷惑をかけましたね」

「そんなことはいいんですが、おきくさん、どうしていますかね？　お店をやめたんですか」

「いま、病気で寝ています」

女房は顔をしかめた。

「誰か看病に来るように、川越の家の方にも知らせたんですがね。誰も来ないし、うんでもすんでもなく、家も手が足りないし困ってるところですよ。そうかといって遠いから、病人を送り返すということも出来ないしね」

おつねは胸が破れるほど動悸《どうき》が高まるのを感じた。おきくの家は、両親が病気で死んだあと叔父夫婦に養われたが、おきくは叔母と折り合いが悪く、家出するように江戸に出て来たのだ。病気になったからと、もどれる家ではない。

「おきくさんに、会わせてもらえませんか、おかみさん」

「会って、どうするんですか」

女房は、腰の曲がった年寄りを、うさんくさそうに見た。

「顔を見せて、力づけてやりたいんですよ」

「会っても、仕方ないと思うけどね」

女房はそう言ったが、しぶしぶながら、それじゃお上がりなさいなと言った。

女房に案内された部屋の暗さに、おつねはどきりとした。窓もない部屋だった。女房が部屋を出て行ったあと、おつねは畳に坐ったがしばらくは何も見えなかった。そしてようやく、ぼんやりとおきくの顔が見えて来た。

「おばあちゃん」

とおきくが言った。おつねはおきくの額にさわった。火のように熱かった。手を頰にずらすと、手のひらがおきくの眼をあふれる涙で濡れた。おつねは胸がつぶれる思いをした。

かぼそい声でおきくが言った。

「おばあちゃん」

「おう、おう」

おつねは鼻をすすりあげた。

「安心おし。家につれて行ってね、お医者にみせて、すっかりなおしてやるからね」

廊下に出ると、おつねはすばやく袖で眼をぬぐった。そして店に出て行った。お客がきていたので、おつねは眼顔で女房を店の隅に呼んだ。

おつねは腰をのばして、低い声で聞いた。

「いつから、あんなふうなんでしょ？」

「さあ、かれこれ十日近くなるかねえ」

「十日？　お医者にはみせてもらってますか？」

「医者は呼ばなかったんだよ。本人も呼ばなくていいというから」

女房はとまどったような眼で、おつねを見た。

「でもちゃんと薬を買ってきて、のましていますよ。高い薬をね」

「何のお薬ですね？」

「なにしろ熱があるからね。熱さましの薬をのませてるんだけど」

「さしでがましいようですが、おかみさん」

おつねは腰に手をあて、背の高い女房を見あげるように見つめながら言った。

「あたしに、あの子の看病をさせてもらえませんかねえ」

「あんたが？」

「ええ。家に連れて行って、養生させてやりたいんです。お願いしますよ」

「そりゃ、そうしてもらえばウチじゃ助かるけどねえ。なにしろ手が足りなくて、病人の看病までは手が回らないからねえ」

女房は言ったが、すぐにいまの言葉を打ち消すような強い口調でつづけた。

「よござんすよ。連れて行ってもらっても。でもウチでも何もしなかったわけじゃありませんよ。出来るだけの手はつくしたんですからね」

「そりゃそうですとも、おかみさん」

おつねは、顔に喜色をみなぎらせて言った。

「それじゃ、ちょっとの間だけ、あの子をあずからせてくださいな」

五

遠くでごろごろと雷が鳴った。

おつねは不安そうに夜空を見上げたが、空は一面に暗いだけで、雷はどちらの方角とも知れなかった。蒸し暑い夜だった。雷はひと雨来る前触れかも知れなかった。

おつねは立ちどまったついでに、前腰にはさんだ手拭いをとって、顔と首のまわりの汗を拭いた。粘りつくような不快な汗は、肌にもにじんでいる。おつねは、また杖を鳴らして歩き出した。弟の家で借りて来た提灯《ちょうちん》が、眼の前でぶらぶらと揺れている。

提灯の光に照らされたおつねの顔は、うちひしがれたような暗い色をうかべている。金を借りたくて弟の家まで行った帰りだが、松蔵は古びた提灯は貸してくれたものの、金のことはうんと言わなかったのだ。

——あの女狐《めぎつね》め！

おつねは、心の中にうかんでいる変に生っちろい、細面のおとくの顔にむかって悪態をついた。おとくは、おつねが松蔵と話している間、もしや亭主がこっそりと金を渡しでもしないかと、いっときもそばをはなれなかったのである。

あれだけ事をわけて頼んだのに、松蔵がすげない口をきいたのは、そばにべったりと女房が坐りこんでいたためだとわかる。松蔵も松蔵さ。いくつになっても女房の尻にしかれて。おつねはいつものようにそう思ったが、弟夫婦の悪口を言ったぐらいでは済まない、窮迫した暮らしのことに思い到って、いっそう顔色を暗くした。

おきくを引きとると、おつねはすぐに医者を呼んだ。医者は、風邪をこじらせたようだが、もう少しで手遅れになるところだったと言った。そしてすぐに薬をつくってくれた。

おつねは心をこめて看病した。たとえ病人でも、家の中にもう一人ひとがいるということは張りあいのあることだった。おつねは医者に言われたように、おきくの胸に熱くした湿布をあて、粥《かゆ》をつくって喰わせ、下《しも》の世話までした。くるくると働いた。

まる一日、おきくはこんこんと眠ったが、三日目ごろから、手当てが効きはじめたか少しずつ元気を取りもどした。快方にむかうと、若い身体は強いものだった。

二日前から、おきくはすっかり熱がとれ、今日は朝から起きて、台所仕事を手伝った。連れて来てから半月近く経っていた。

だがその間に、医者のかかりと、おきくに精がつくものを喰べさせたりしたかかりで、おつねは金をつかい果たしてしまったのである。金は一文も残らず、あと二日ぐらい喰えるだけの米があるだけだった。心細かった。こんなことがあるぐらいなら、小倉屋の息子がくれた金を受け取っておくんだったと悔んだほどだった。

だが、おきくを救って、元気な身体にもどした喜びは、何ものにもかえがたい。

——ともかく、明日は足袋屋におきくを返して……。

そのあと、もう一度松蔵にかけあってみるしかない、とおつねは思った。そう腹を決めて、おつねがやっとひそめていた眉を開いたとき、ぽつりと雨が頬を打った。

「おや、降って来たよ」

おつねはひとりごとを言い、足をいそがせた。町がぱあっと明るくなった。稲妻だった。そして近い空で雷が鳴った。その音が合図だったように大粒の雨が落ちて来た。

おつねは少し濡れた。だが住む町に入ってから降り出したので、ズブ濡れというほどではなかった。

「降られちまったよ」

土間に入って戸を閉めながら、おつねがそう言ったとき、家の中で女の叫び声がした。その声をおしつぶすように、重おもしく雷が鳴り、急にはげしくなった雨が地面を叩く音がした。また女の叫び声がした。

「どうしたね、おきくちゃん」

おつねは下駄をはねとばして、茶の間に這《は》い上がった。

奥の寝部屋で、男がおきくを組み伏せようとしていた。抗《あらが》うおきくの足が、白く空を蹴《け》ったのを、おつねは一瞬茫然と見たが、土間に引き返すと杖を持って寝間に入って行った。ちきしょう、ちきしょうと叫びながら、おつねは、背をむけている男の頭に杖を打ちおろした。

男はおきくから片手をはなし、無造作に杖をもぎとった。そしておつねの顔を見ると、にやりと笑った。

「清太」

おつねは茫然と立ちすくんだ。頰に刃物の傷あとをとどめ、荒み《すさ》切った悪党づらをしていたが、男は清太だった。

「ばあさん、どこでこんな上玉を手に入れたんだい。こいつは高く売れるぜ」

清太は卑しげな笑い声を立てた。

「だがその前《めえ》に、味見をしなくちゃな」

清太は、畳をかきむしってのがれようとしているおきくを引きもどすと、その上に身体をかぶせて行った。おきくが鋭い叫び声を立てた。魂を凍らせるような、悲しげな叫びだった。

「こら、やめな。バカ、何てことを」

おつねはうしろから清太の背を拳《こぶし》で叩いた。首に手を巻いてひっぱった。うるせえな、と清太はうなった。

「ばばあ、ひっこんでろ」

清太のひと突きで、おつねは茶の間の隅まで軽がるとふっとんだ。おつねはぼろ切れのようにうずくまったが、やがてのろのろと立ち上がると台所に入った。そしてふるえる手で、暗やみの中から出刃包丁を探り取った。

おきくはほとんど半裸にされていた。その胸のあたりに顔を這わせながら、清太は喉《のど》の奥で笑い声を立てた。清太の片手は、おきくの手を押さえつけ、片手は胴を抱えこんでいる。おきくの白い片脚が、一度むなしく空を蹴りあげて畳に落ちたあと、静かになった。そしておきくの号泣が、おつねの耳を搏《う》った。

「やめな、清太」

とおつねは言った。うるせえやと、清太は言い、おきくの胸から腹に、顔をすべらせた。その背に、おつねは渾身《こんしん》の力をこめて、出刃包丁をふりおろした。

わっと叫んで反りかえった清太は、手を回して背中の包丁を抜き取ろうとした。だが、手がとどかなかった。背に包丁を突き立てたまま、清太はよろめきながら立ち、身体をねじったが、その姿勢のまま、物が倒れるように、部屋の隅にころがった。その身体の下から、おびただしい血が畳の上に流れ出すのを、おつねは襖《ふすま》につかまったまま見ていた。

おきくは泣きじゃくりながら身じまいをなおし、それが終わると顔をそむけて出口の方に歩いた。土間に下りるとき、一度よろめいたが、後をふりむかずに雨の中に出て行った。

戸口の外の暗い闇の中で、雨の音がつづいていた。そして闇は、時どき稲妻に明るく照らし出された。すさまじい雨の音も、ひらめく稲妻も、自分の生涯を嘲《あざけ》り笑っているように、おつねは感じた。

（「別冊小説新潮」昭和五十三年夏季号）

神隠し

一

お増は、亭主は留守だという。書役の善助は不機嫌な顔になった。

「またかい。巳之助《みのすけ》は、大事な用があるときに、家にいたためしがないじゃないか」

「大事なときだけじゃありませんよ。いつだっていないんですよ」

お増は、長火鉢の向こうから立ち上がろうともせず、平気な顔でそう言った。形のいい鼻の穴から、女だてらに莨《たばこ》のけむりを吹き上げている。浅黒いが肌目《きめ》のこまかい肌をもち、切れ長のきれいな眼をしている年増《としま》だが、折角の女っぷりが台無しだった。

お増はむかし、吉原《よしわら》仲ノ町で芸者をしていたという触れこみで、町内の男女に常磐津《ときわず》を教えている。常磐津だけでなく、今風《いまふう》のはやり唄も教えるらしく、善助が、勤めている南組の自身番から家に戻る頃、「ままよ三度笠、よこちょにかぶり」と、野暮な男の声が、懸命によしこの節を習っているのが、格子窓の外に聞こえてきたりする。お増は、男たちには人気があった。

——そういうところが厭《いや》で、巳之助はしょっちゅう出歩いているのかな。

と善助は思ったりするが、そうとも言えない気がする。花見どきとか、祭りの日などに、夫婦がぺったりくっついて歩いているのを見かけることがある。いずれにしろ、裏店《うらだな》から律儀に自身番に通い、町の用を足して食べさせてもらって老いた善助からみると、巳之助夫婦には、得体の知れないところがある。

得体が知れないと言えば、巳之助はとりわけ善助には理解し難い男だった。巳之助は、町内で山甚といった太物屋の一人息子だった。巳之助が十かそこらの時分に、山甚は潰《つぶ》れて、一家は夜逃げ同然に町内から姿を消したのだが、町内に戻ってきたとき、巳之助はお増と一緒で、しかもこのあたりを見回る江崎という同心から手札をもらう岡っ引だった。あれが、山甚の息子だそうだと、事情を知る者が指さすような人間になっていた。

十五、六年ぶりに町に帰ってきた巳之助は、長身の男ぶりのいい若者になっていたが、中味は十手を持った人間の屑《くず》だった。お増の稼《かせ》ぎに寄食して、自分ではなにひとつ働こうとしない。身体《からだ》からはいつも酒気が匂い、寡黙で蛇のような眼で人をみた。お増の稼ぎで飲み代が足りないときは、町内の裕福な店に立ち寄り、十手をちらつかせて小遣をたかるようなこともする、と悪い評判も耳にしている。

だが、善助は巳之助の人物をあげつらいに来たわけではない。急ぎの用があった。

「行く先はわからないのかね」

「わかりませんよ。もう三晩も家を空けてるんですから」

「しょうがないな」

「またどっかで、飲んだくれているんですよ。なにか急ぎの用ですか」

「人がひとり消えちまってな。探してくれと頼まれた」

「あら、誰ですか？」

「伊沢屋のおかみだよ。ふっと家を出たきりで、もう二日も家に帰って来ないそうだ」

「あら大変」

お増は火鉢の向こうに坐り直した。

「江崎の旦那はご存じなんですか」

「さっき見回りに来たから申し上げたんだが、巳之助に探させろ、とおっしゃってね。お茶も飲まずに、ずんずん帰ってしまったから」

「それなら亭主を探させますよ」

お増が奇妙な笑いを浮かべて言った。

「なんだい、わかってるのかね、居場所が」

「いえ、あたしは知らないんですよ、ほんと。でも飴《あめ》売りの弥十なら探しますよ。あれはうちが使ってる男ですから。今日は見かけませんでした?」

弥十は、深川門前仲町《もんぜんなかちょう》のあたりを、精力的に動いていた。飴売りの衣裳《いしょう》ではなく、普通の町人姿だった。新石場からはじめて、古石場、櫓下《やぐらした》と、燈火から燈火へ飛び移る虫のように店を訊《たず》ね歩き、髭《ひげ》の剃《そ》りあとが濃い小柄でがっしりした身体は、疲れを知らないようだった。

櫓下の、ただ男と女が寝るだけの小さな淫売宿で、弥十は巳之助の消息を摑《つか》んだ。

「海へ行くと言ったよ」

と、格子戸から首だけ出した女が言った。弥十と似た年頃で、四十前後だろうと思われるのに、壁を塗ったような厚化粧をしている。破れた軒行燈《あんどん》から洩れる光が、女の顔に落ちかかり、厚化粧も隠せない無数の小皺《こじわ》を照らし出していた。海というのは佃《つくだ》町のことである。

「あひるかね」

「あひるじゃないよ。橋だって」

女は淫《みだ》らな笑いを浮かべた。だが弥十は笑わなかった。女に礼をいうと馬場通りに出、八幡宮の門前から右に折れた。馬場通りには、明るい灯の光がこぼれ、その中を浴衣がけの男女がざわめいて歩いていたが、角を曲がると、人通りは急に絶えて、闇が弥十を包んだ。川向こうに、通称あひると呼ぶ岡場所の灯がみえたが、そこまで行く必要はない。

そして事実がたくり橋の手前で、弥十は左右からのびてきた女の手に、腕と肩を摑まれていた。

「遊んで行かないか、おじさん」

「いや、俺はいいよ」

「そんなこと言わずに、遊んで行きなよ。腕によりかけて、喜ばしてやるよ」

「かみさんなんかより、ずっといいよ」

左側の女も潰れた声で言い、女たちはくすくす笑った。

「あんたらがいいのはわかってるが、人を探しに来たんだ」

女たちが、すっと手をひいた。警戒するように、右側の女が言った。

「遊びに来たんじゃないのか。誰を探してんだよ」

「六間堀の親分が来てるだろ？」

「あんた、だれ？」

「親分に使われてるもんだよ」

「なんだ」

女たちは弥十の前で、ひそひそと話し合った。そして、橋から右側に三番目の舟だよ、と言った。

岸に苫舟《とまぶね》が繫《つな》がれている。屋根から垂らした莫蓙《ござ》の隙間から、ほそぼそと光が洩れている舟もあるが、真っ黒な獣のように闇の中に繫がれている舟もあった。どの舟にも人の息遣いが籠《こも》っている。微《かす》かな女の笑い声が洩れたり、ひそめた男の声が聞こえたりしている。

「親分、弥十です」

岸に蹲《うずくま》って、弥十は暗い舟に呼びかけた。返事はなかったが、弥十がもう一度呼びかけると、舟の中に明かりがともった。そしてしばらくして、莫蓙が持ち上がって巳之助が顔を出した。

「どうしたい？」

「人が一人消えましてね」

「誰だい？」

「伊沢屋のおかみだそうで。もう二日も家に戻っていないそうです」

巳之助が莫蓙を掲げ直したので、舟の中のなまめいた色と、女の白い足が見えた。

「ふーん」

巳之助が唸《うな》った。すると酒くさい息が弥十の鼻先までとどいた。

「わかった。だがもう夜中だ。明日にしようや。明日の朝、伊沢屋で会おう」

「へ。承知しました」

弥十が答えると、ぱたりと莨莚が降りた。すぐに灯が消え、立ち上がった弥十の耳に、女の含み笑いが聞こえた。

二

「するてえと、ゆうべで三晩、家に戻らねえというわけですな」

と巳之助が言った。伊沢屋の茶の間で、巳之助は主人の新兵衛とむかい合っている。巳之助が背にしている、入口の閾《しきい》ぎわに、弥十が膝《ひざ》をそろえてかしこまっていた。

「それで、どこへ行ったという、心あたりはないと」

「はい。それがまったく」

と新兵衛は言った。新兵衛は恰幅《かっぷく》のいい四十男だが、さすがに艶《つや》を失った暗い表情をしている。

「おかみさんがいなくなったときの、事情を聞かせてもらいましょうか」

と巳之助は言った。巳之助の顔色も、新兵衛に劣らず悪い。だがこちらは寝不足のせいのようだった。そう言いながら、巳之助はうつむいて生あくびを噛《か》み殺したが、新兵衛は気がついた様子がなかった。うつむいて、ぽつりぽつり事情を話し出した。

伊沢屋は、繁昌している小間物屋である。三日前の八ツ半（午後三時）ごろ、伊沢屋のおかみお品は店を通って外に出て行った。店には四、五人客がいたが、お品は愛想よく客に挨拶し、店に出ていた番頭の庄七に、ちょっとそこまで買物に行ってくるから、と声をかけた。そして、そのまま夜になっても戻って来なかったのである。

「すると、なりも普段着のままで？」

「はい」

「家から金を持ち出したということはありませんかい」

「いいえ、自分の小財布を持ち出しただけですよ」

「何を買いに行ったものか、わかりませんかね」

「さて」

と新兵衛は首をかしげた。

「なにしろこの騒ぎで、そんなことは考えもしませんでしたが。うちは台所は女中まかせですから、喰い物を買いに行ったわけはありませんし」

「ちょっと行ってくると言ったんなら、そんなに遠くに行った筈はないね。町内か北か、裏の森下町か。橋を渡ったとしても、八名川《やながわ》町には行っていまいよ」

「……………」

「ふだん何か買いたいとか、言ってなかったかね」

「さて、と」

新兵衛は額に深い皺を作った。

「下駄かも知れませんなあ。欲しいものと言ったら。それとも帯ですかな。そんなことを聞いたようにも思いますが、どうもはっきりしません」

新兵衛は自信のない顔色だった。

「ま、そのぐらいでいいでしょう。ところで話は変わりますが、おかみさんは二度目だそうですな」

「そうですが、そんなことが何か、かかわりがあるんですか」

新兵衛は咎《とが》めるような眼になった。

「ま、聞いたことに答えてもらいたいんだな。ほかに、家の人は？」

「十九になる伜《せがれ》と、十七になる娘がおりますが、伜は横山町の知り合いの問屋に奉公に出ておりますし、娘は去年浅草の方に嫁にやりました」

「すると、いまは夫婦二人だけで？」

「はい」

「前のおかみさんは？」

「五年前に病気で死にました」

「いまのおかみさんが来たのは、いつですかい」

「親分」

新兵衛は少し憤然とした顔になった。

「そんなことまで聞かれなくちゃいけないんですか」

「聞きたいですな。そうでないと調べがすすみませんよ」

「そうですか。お品が来たのは三年前です」

「深川の梅本で女中をしていたそうですな」

「もう、そんなことまで調べたんですか」

新兵衛は苦笑いした。

「そうですが、お品は別に素姓の怪しいような人間じゃありませんよ。身寄りこそいないが、梅本に八年も勤めて、評判のいい女中でした。働き者で、浮いた噂《うわさ》もなく、梅本では褒め者になっていましてな。それで私が、そこを見込んで後妻にしたんですよ」

「年はいくつですか。おかみさんの年は？」

「二十七ですよ」

「すると梅本に勤めたのは十六あたりかな。その前どこで働いていたものでしょうな」

「そんな前のことまでは、あたしは知りません」

新兵衛は切り口上で言った。

「でも、夫婦ならそれぐらいのことは聞いているんじゃないですか」

粘りつくような口調で、巳之助が言った。眼は、もう眠そうではなく、舐《な》めるように新兵衛の表情を窺《うかが》っている。

「親分、あんた一体、このあたしから何を聞きたいんだね」

新兵衛の顔が気色ばんだ。

「あたしは、いなくなった女房を探してくれと頼んだんですよ。昔のことをほじくり返してくれなんて言っていません。梅本にくる前の女房がどうこうと、そんなことはどうでもいいじゃありませんか。その前のお品は子供ですよ」

「いいや、子供じゃないね。女の十六は大人だからね」

と巳之助は言った。巳之助の顔には、冷笑が浮かんでいる。

「ま、いいでしょ。おい」

巳之助は後ろを振りむいて、むっつりと俯《うつむ》いている弥十に顎《あご》をしゃくった。

「少し台所に行って聞いてきな」

弥十が茶の間を出て行くと、巳之助はだらしなく胡坐《あぐら》をかいて、まずそうに冷えた茶を啜《すす》った。それから上眼遣いに新兵衛の顔をみた。中高のいい男ぶりなのに、眼遣いと口もとに崩れた感じがある。

「これじゃ探しようがねえなあ。まるで神隠しだ」

「しかし神隠していうのは、子供のことでしょ？」

「なあに、大人だって間々あるってきくぜ」

「じゃ、お品はもう帰って来ないんでしょうか」

新兵衛の顔に、沈痛ないろが現われた。

「なに諦《あきら》めたもんじゃないさ。だが、少し人を使わなきゃならねえから、金がいるなあ」

「金なら出しますよ、親分。いかほどご入用で？」

伊沢屋を出ると、巳之助と弥十はせっせと町を歩いた。六間堀町は、竪川と小名木川を結ぶ六間堀の左右にひろがる町で、町が広いために南組と北組にわけている。二人は一度堀の東側を町の隅々まで歩き、北之橋を渡ると、今度は堀の西側を歩いた。その間に、履物屋を見つけると、弥十が店に入って中で何か話した。

町を南にさがって、中之橋の近くまで来たとき、二人は探していた履物屋を見つけた。店は籾蔵《もみぐら》の長い塀《へい》を前にした、八名川町との町境にある履物屋で、三日前確かにお品らしい女に、黒漆を塗った下駄を一足売ったと言った。

「店を出てから、女がどっちへ行ったか、見なかったかい」

と巳之助が聞いたが、店の主人は、そのときすぐに別の客に応対していて、お品が店を出るのをみていなかった。

「やっぱり女中が言ったことが、あたっていましたな」

と弥十が言った。伊沢屋の台所に入りこんで、弥十は女中たちの機嫌をとりながら聞きこみをしたが、年上の方の女中が、お品が下駄を買わなきゃ、と言っていたのを憶えていたのである。

「すると、ここまでは足があって歩いてきたわけだ」

と巳之助は言った。二人は立ち止まって道の左右をみた。道は左に行けば中之橋を渡って、伊沢屋がある六間堀町に行くが、右手は、道の片側が籾蔵の長塀、もう一方は八名川町を過ぎるとあとは武家屋敷の黒板塀が続いている。谷間のような一本道だった。道はそのまま大《おお》川端《かわばた》に出て、石置場に突きあたる。

いまはその道を、昼近い残暑の光が灼《や》いていた。籾蔵の塀の影が、半分近くまで道を覆っている。歩いている人の姿は見えなかった。

「誰かに呼び出されたかとも考えたが、そうじゃないらしいな」

と巳之助は腕組みをして言った。険しい顔になっている。

「この店まで買物に来たのだ。そして店を出たところで誰かに会ったらしい」

「攫《さら》われたんですかい」

「ばかいえ。子供や娘っ子じゃあるめえし。二十七の年増だぜ」

「さいですな」

弥十は神妙に言った。

「自分で行ったんだよ。誰かと一緒にな」

二人はもう一度谷間のような細い道を眺めた。日暮れ近いその道を遠ざかる女の後ろ姿がみえた。女のわきには男がいた。黒いその背がみえるだけで、むろん顔はわからなかった。

三

伊沢屋から使いが来たのは、その日の夕刻だった。三味線の音がやんだと思ったら、お増

が奥に顔を突き出して、

「伊沢屋さんから使いだよ、あんた」

と言った。

「なんだと言うんだ。まだなんにも解っちゃいねえぜ」

「すぐ来てくれって言ってるよ」

とお増は言ったが、巳之助が窓の下に寝そべって、絵双紙をひろげているのをみると、さっそく世話をやいた。

「そんなものを見ているんだったら、行燈つければよかったじゃないか」

「すぐ行くからって、使いを帰しな」

と巳之助は言った。襖《ふすま》をしめてお増が出て行くと、巳之助は立ち上がって壁から十手をはずし、習慣的に懐にしまった。

茶の間を通るとき、巳之助は、みなさんご精が出ますな、とお愛想を言ったが、そこにいた三、四人のお増の弟子は誰も答えなかった。十五ぐらいの娘などは、あきらかに気味悪そうな顔で巳之助を見送った。巳之助が外に出ると、思い出したように三味線の音が鳴った。

巳之助が伊沢屋の店先に顔を出すと、番頭の庄七があわてて立ち上がってきた。

「どうぞ、ここからお上がり下さい」

「どうかしたかい、番頭さん」

「おかみさんが戻ってまいりました」

と、庄七は言い、満面に笑いを浮かべて、手を揉《も》んだ。巳之助は一瞬あっけに取られた顔になったが、すぐむっつりと黙りこんで庄七の後に従った。

茶の間に通ると、新兵衛が酒肴《しゅこう》を用意して待っていた。

「帰ってきたそうですな」

「はい。大変ご迷惑をおかけしまして」

新兵衛は深ぶかと頭をさげた。次に上げた顔には、笑いが浮かんでいる。

「ひょっこりと帰って来ましてな。まったく親分にはご心配をおかけしました。お礼は改めて申しあげるとして、取りあえず、一献さしあげたいと思いまして」

「そいつは、ま、結構でしたな」

巳之助は膳の前に坐って、盃《さかずき》を取り上げたが、申しわけないが湯呑みにしてもらえないか、と言った。

「小さいので飲んだんじゃ、せっかくの酒が、味がしませんからな」

「これは気づきませんでした」

新兵衛は機嫌のいい顔で、手を叩いて女中を呼んだ。

「ところで、帰ってきたときの様子を聞かせてもらいましょうか」

「様子もなにもありませんよ、親分」

酒を注ぎながら、新兵衛はそう言った。

中之橋を渡って、店の方に歩いてくるお品を見つけたのは、女中のお梅である。日暮れのぼんやりした光の中から現われたお品をみて、お梅は抱えていた豆腐の買い物を手から取り落とした。

しがみついたお梅をみて、お品は、おや今夜のおつけは豆腐かい。もったいない、落としちゃったじゃないか、と言った。そして店に入ってきたときも、平気な顔で、ただいまと言ったのである。

「やっぱり神隠しですよ、親分。本人は、三日も家を留守にしたなどとは思っていないようです。買い物に行って、いま戻ってきたという気持ちのようですよ」

「下駄を持っていましたか？」

「下駄？」

新兵衛はびっくりしたように、巳之助の顔をみた。

「黒塗りの下駄ですよ」

「いいえ。持っていませんでしたな。手ぶらでした。それが、なにか？」

「ふーむ」

巳之助は空《から》になった湯呑みに、勝手に酒を注ぎながら唸った。

「で、おかみさん、いま何していなさる？」

「それが、ひどく疲れているようにみえましてな。いま奥に寝ておりますが」

「ちょっと会って、話を聞きたいんだがね」

「今ですか」

新兵衛は、気がすすまない様子だった。

「しかし親分が聞いても、何もおぼえていないと思いますよ。あたしも二、三訊ねてみたんですが、何を聞かれているかわからないという様子でしたから」

「すると旦那は、おかみさんが神隠しに会ったと、本気で思っていなさるんですかい」

「そうじゃないんですか」

新兵衛は、窺うように巳之助の顔をみた。

「だって、ほかに考えようがありませんよ、親分。神隠しでないとしたら、お品は三日もの間、どこにいたんです？　どうしてあんなに平気な顔でいられるんですか」

「さあ、そいつは俺にもわからねえ。ひょっとしたら、ほんとに神隠しに会ったかも知れないしね。とにかく、寝ているところを悪いが、一度会わせてくれませんか」

「では起こしましょう。だが、あまり無理なことは聞かないで下さいよ」

新兵衛が奥に引っこむと、巳之助は手酌で酒を注ぎながら、顔をしかめた。新兵衛が言ったように、お品は三日もの間どこにいたのか、と思ったのである。

新兵衛の後からお品が入ってきたとき、巳之助は眼を細めた。伊沢屋のおかみを知らないわけではない。通りすがりに顔を合わせたことは何度もある。だが、茶の間に入ってきたお品は別人のようにみえた。

疲れている、と新兵衛は言ったが、なるほどお品は眼のあたりが少しくぼんだようにみえる。そのためなのか、凄艶《せいえん》な女にみえた。どこか淋しげな顔立ちの女だと記憶していたのに、いまのお品には、底の方に女の色気のようなものが、いきいきと動いている感じがした。血色も悪くない。

「どこに行ってたんですかい、おかみさん」

巳之助はいきなり言った。乱暴な口調だった。その声に驚いたように、お品が顔をあげた。

「どこにって……」

お品は当惑したように呟《つぶや》いた。男の心を惹《ひ》きつけるような、澄んだ声だった。

「あたし、買い物に行ってきました」

「三日も、どこで買い物していたのかね」

「なんのことかわかりません。うちのひともさっきそんなことを言っていましたけど」

「ふむ。それじゃ買い物に出て、何を買ってきました?」

「…………」

「それも忘れたかね。じゃ教えてあげようか。下駄だよ。あんた黒塗りの下駄を買ったんだ」

「はい」

「その下駄、いまどこにあるかね」

「…………」

「あんた、手ぶらで帰って来たそうだから、どっかに置いてきたはずだ。置いてきたのは、男のところかね」

「何を言うんだ、親分」

新兵衛が大きな声を出した。真赤な顔をし、怒りを含んだ眼で巳之助を睨《にら》みつけた。だが、巳之助はかまわずに言った。

「下駄を買った店の前で、あんた、誰かに会ったね。むろん神様なんかじゃないさ。男だよ。だが俺が聞きたいのは、べつにその男のことじゃない。それで済んだのか、ということですがね。どうです？　すっかり済んだんですかい」

「親分、あんたには帰ってもらいます」

新兵衛は立ちあがって喚いた。そうして突立つと、新兵衛は大男だった。

「お品はこうして帰って来たんだから、べつにあんたに調べられるいわれはない。何を言ってるんだ。男だの、何のと聞き苦しい。さ、帰って頂きましょう。二度と足踏みして頂きたくありません。とんでもない男だ」

「これはどうも。失礼しました」

巳之助は立ち上がって新兵衛にむき合うと、唇を曲げて冷笑した。

部屋を出るとき振り返ると、いきなりお品の眼にぶつかった。お品は蒼白《そうはく》な顔をしていた。そして一瞬眼をあわせただけだが、巳之助は、お品の眼に縋《すが》りつくようないろを見たのである。

その夜下っ引の弥十を、弥十の家の近くの飲み屋に連れ出すと、巳之助は今夜あったことを話し、それからお品の素姓を洗ってみてくれ、と言った。

「仲町の梅本に勤める前に、お品はどっかで働いていた気がするな。梅本からたぐればわかるかも知れねえ」

「わかりました」

「お品のうしろに、どんな野郎か知らねえが、男がいるようだ。あんまりたちのよくねえ男だ。そいつは梅本の頃の知りあいじゃなくて、お品の素姓を洗わねえと、出て来ねえ男だと思うぜ」

「でも、おかみさんが出てきて、一件が終わったんじゃありませんかい。まだ調べがいるんですか」

「うむ。帰ってはきたが、それで終わったわけじゃなさそうだ。もうひと騒動ありそうだぜ」

「そう言って、伊沢屋の旦那に頼まれましたので？」

「いや、あのおかみに頼まれたのよ」

巳之助がそういうと、弥十はあっけにとられた顔で、盃を途中でとめると巳之助の顔をみた。弥十は見かけによらず頭の鋭いところがある。調べをお品が頼むということがあるかと思ったようだったが、巳之助はべつに説明しなかった。確かにお品に頼まれた、という気持ちがある。

お品はおそらく、どういうことかは知らないがひどい目にあったのだ。そしてそのことはまだ終わっていないのだが、それを周囲の誰にも洩らしてはいけない。そういう感じを、巳之助は縋りつくようだったお品の眼から受けている。それは起こったことを隠そうとする哀願の眼ではなく、まだ続いている悪いことに対して怯《おび》えている眼だった。

——世の中、悪い奴がごまんといるからな。

巳之助は、自分は湯呑みに注がせた酒をあけながらそう思い、お品の背後にちらつく黒い影をのぞきこもうとした。お品は料理茶屋の女中を八年も勤めた。そこで評判がよかったというのは、骨身を惜しまずに働いたということなのだ。伊沢屋の後妻という身分は、そういうお品にとって、必ずしも十分な報酬とは言えないかも知れなかったが、それまで決してしあわせだったとは思えないお品が、二十四になって漸《ようや》く自分の住む場所を手に入れたことは間違いなかった。三年平穏な暮らしが続いた。その平穏さを、いま毀《こわ》しにかかっている奴がいる。

無頼な日を送っている巳之助の中に、岡っ引らしい険しい気持ちが動くのは、こういうときだった。男を突きとめて、しめ上げてやる、と巳之助は思っていた。

四

「さ、かわるぜ」

前に立った巳之助がそう言った。巳之助の身体《からだ》はゆらゆら揺れて、弥十の頭の上から酒くさい息が降りかかった。明るいうちから、巳之助はどこかで酒を呑んできたらしかった。かわるというのは、伊沢屋の見張りのことだが、酒に酔って大丈夫かとは、弥十は思わない。巳之助は酔ったまま考え、盗《ぬす》っ人《と》と格闘もする。

弥十は、伊沢屋が見える町の角に飴屋《あめや》の店をひろげている。店といっても、弥十は飴箱を二つ地面に置いて、ひとつに腰かけ、前に置いた箱の上に、そこで細工した鳥や渦巻きの形をした飴を飾りたてて、客を待っているだけである。それでも地面に置いた桝《ます》の中に、一文銭がかなり溜《た》まっているのは、そうして伊沢屋を見張りながら、弥十は結構商売になるのである。

「様子はどうだね」

「変わりありませんね」

一本くれ、と言って巳之助は麦藁《むぎわら》にさした飴をもらい、しゃぶった。

「お品は動かないのか」

「昼すぎ、二度ほど店の前に出てきましたが、出かける様子ではありませんでした。いまは家の中にいますよ」

「旦那の方はどうだ？」

「こっちは昼すぎに店を出ました。これもいつもと同じです。ここ五日ほど、毎日出歩いています」

「………」

「気がついたんですかね」

弥十は小声で言い、飴を買いにきた子供にお愛想を言って、鳥の形をした飴を渡した。

「さあ、どうかな。調べ回っているのは確かだろうが」

「根津《ねづ》の方ですか」

「まあ、その見当だろう。ほかに妙な感じの男は訪ねてきていないな」

「見かけません。客は女ばかりで」

弥十が、飴箱をになって、薄暗くなった町並みに消えると、巳之助はその軒下に蹲《うずくま》って、飴をしゃぶりながら伊沢屋の方を眺めた。町は灯をともしはじめていた。伊沢屋の店の前も明るくなっているのは、軒に出ている掛け行燈《あんどん》に灯を入れたのである。店が戸を閉めるまでには、まだ間がある。巳之助はくしゃみをした。秋めいてきて、日が暮れると涼しくなる。酒も幾分さめかけていた。角を曲がってきた男が、そこに人が蹲っているのに気づいて、気味悪そうに見返りながら通りすぎたが、巳之助は気にしなかった。じっと伊沢屋の店先に眼を凝らしている。

昨夜も町木戸が閉る四ツ（午後十時）まで見張ったが、何事も起こらなかった。そういう見張りが、もう半月近く続いている。今夜も何ごとも起こらないかも知れなかった。

――だが、いまになにか始まるさ。

巳之助は執拗《しつよう》にそう思っていた。

巳之助に言いつけられてから二日後に、弥十は、お品が梅本に女中奉公する前に、根津山門内の大黒屋という四六見世《みせ》で、身体を売っていたことをつきとめてきた。梅本に移れたのは、梅本に酒をおさめている仲町の酒屋の番頭が、お品の境遇を憐《あわ》れんでそうしたのである。梅本に移って二年ほどの間、お品は利兵衛というその年寄りの番頭に半ば囲われたような暮らしを送ったが、利兵衛が病気になり、やがて死ぬと自由の身となった。弥十が調べてきたのは、そういうことだった。

次の日に、弥十は根津にいた頃、お品にひものような男がつきまとっていたことを調べ上げてきた。男は民蔵と言い、その頃まだ十八、九の若僧だったが、底知れぬ悪《わる》だった。お品のほかにも女がいて、女たちから絞り上げた金で博奕《ばくち》を打ち、時どき二、三人で組んで盗みもしていたという男だった。民蔵はお品が梅本に移る半年ほど前に、根津界隈《かいわい》から姿を消した。ああいう男だから、どこかで殺されたのだろうと、民蔵を知っている者は話し合ったのである。

「もう十年も前のことで、役に立つかどうかわかりませんがね」

と言って、弥十は根津で聞き込んだ民蔵の人相まで報告した。そういう聞きこみでは、弥十は、比をみない有能な下っ引だった。

客足がまったくとだえ、伊沢屋の店先が急に暗くなった。そして間もなく黒い人影が二つ店を出て、巳之助が蹲っている方角にやってくるのがみえた。

「また、どこかに遊びに行くのかね」

と、背の低い肥った人影が言った。番頭の庄七の声だった。

「いや、今夜はおじ貴のところに呼ばれて、泊まりに行くんですよ」

「おかみさんに、ちゃんとことわってあるんだろうな」

「むろんですよ。さっきことわりました」

「それにしても、近頃よく外に遊びに出るそうじゃないか。急に金回りがよくなったのはどういうわけかね」

「そうでもありませんよ」

「ま、遊びもいいが、この間のように急に休まれちゃ困るよ」

庄七の言葉には棘《とげ》があったが、相手は含み笑いをしただけだった。二人は巳之助には気づかないで、前を通り過ぎて行った。あれは手代の忠吉という男だな、と巳之助は思った。二、三度店先で顔を合わせただけだが、色白な瘦《や》せ形の若い男で、おとなしそうにみえた。だがいまの話を聞くと、忠吉は案外な遊び人のようだった。

――若いから、仕方ねえな。

と、巳之助は思った。おとなしそうだろうが、乱暴そうだろうが、若い者はみな血が騒いでじっとしていられないのだ。そう思いながら、巳之助は二人が中之橋の手前で左右に別れる様子を見送った。

また四半刻ほど経ったとき、伊沢屋の店先に、ちらりと黒いものが動いた。巳之助は立ち上がって、いそいで横丁の闇に隠れた。町はあらまし灯を落として、すっかり暗くなっている。ただ夜空を覆う雲の裏に月がのぼっているらしく、闇の中に屋並みの形がぼんやり浮き上がってみえる。

忍びやかな足音が、巳之助が隠れている鼻先を通りすぎた。提灯《ちょうちん》も持たない女だった。胸を抱くようにし、俯いて通りすぎた。

——お品だ。

巳之助はゆっくり小路から表に出ると、家々の軒先をひろうように後を跟《つ》けはじめた。お品は掘割まで出ると、中之橋は渡らずに、堀沿いに左に曲がった。そして猿子橋を渡って深川元町に入った。町の片側は、夜目にも黒く続く籾蔵の塀である。町はまだ灯の色を残しているが、人通りはなく淋しい通りだった。お品は、その道をためらいなく歩いて行く。早い足どりだった。

お品は大川の河岸に出ると、左に曲がった。一度も振り向いたりせず、憑《つ》かれたように急いでいた。そして小名木川の川口の万年橋を渡ると、清住《きよすみ》町まで行き、不意に左に曲がった。

巳之助が急いで町角まで行くと、さらに清住町の小路に入りこむお品の姿がみえた。町裏と、霊雲寺の高い塀が接するところに、低い軒をならべる裏店があった。お品の黒い影がその木戸を潜《くぐ》るのを確かめてから、巳之助はゆっくり木戸に近寄った。裏店の窓々から、灯のいろと微《かす》かな物音が洩れている。

小路から、一歩木戸の中に踏みこんだとき、巳之助は頭の後ろを、いきなり固いもので殴られた。痛みと一緒に頭の中で火花が散り、無意識に懐の十手を探ったが、それきりで、巳之助は身体がひどく緩慢に前に傾く感じの中で、意識を失った。

だが気を失っていたのは、そう長いことではなかったようである。木戸の中に、半身を乗り出した恰好で倒れている自分に気づいて、巳之助はあわてて立ち上がったが、家々の軒先の灯のいろはそのままで、家の中から、籠《こも》った話し声や、笑い声が洩れているのは、さっきのままだった。

立ち上がると軽い吐き気がした。吐き気をこらえて、あたりを見回したが、路地の中には誰もいなかった。お品の姿もみえない。頭が割れるように痛んだ。手をやってみると、頭のうしろにぬるりとした感触があった。血だった。かなり手荒く殴られたようである。

意識が漸くはっきりしたので、巳之助は路地の中をそろそろと歩いた。すると、一軒だけ灯がともっていない家があり、入口の戸が開け放したままになっているところに来た。

「誰かいるのか」

土間に踏みこんで、巳之助は声をかけた。だが家の中は静まり返ったままだった。巳之助は懐をさぐって火打石を出すと、手の中で叩いた。青白い火花の中で、開け放しになった突きあたりの部屋に、誰かが寝ているのが見えた。倒れているようにも見えた。

巳之助はもう一度声をかけたが、闇の中に何の返事もないのを確かめると、慌しく履物を脱いで上に上がった。

行燈に灯をともすと、襖ぎわにやはり男が寝ているのがみえた。寝ているのではなく、そこに転がっているのだということが、巳之助にはもうわかっていた。片手をのばし、顔を片面畳につけるようにして転がっている男をひっくり返すと、白眼をむいた男の顔が眼にとび込んできた。

「…………」

巳之助は顔をしかめた。それは醜い死に顔をみたせいではなかった。紐《ひも》を首に巻きつけている男が、予想した人間と違っていたからである。男は弥十が調べてきた民蔵らしい人間である筈だったのに、首をしめられ、眼をむいているのは伊沢屋の手代忠吉だった。

巳之助は中腰で死体をのぞきこんだまま、腕をこまねいたが、やがて行燈を手に下げて立つと、隣の部屋を開けた。すると、敷きっぱなしになっている夜具がみえた。はなやかな色どりで、まだ新しい夜具だった。

それだけの、がらんとした部屋だった。だが巳之助の眼をひきつけたのは、がらんとした部屋にそぐわない夜具ではなかった。格子窓の下に、重ねたまま置いてある黒塗りの下駄だった。

五

巳之助が茶の間に入って行くと、新兵衛が坐ったまま見上げて、

「まだ痛みますか」

と言った。巳之助は頭にまだ白い布を巻きつけている。

「いや、もうあまり痛みません」

「またお調べですか」

「そう」

「しかし家で調べることは、大方調べつくしたと思いますが……」

「そうでもないんでね。それにまだ忠吉を殺した奴が見つかっていないもんで」

「そうですか。ごくろうさまですな」

「もっとも、あとは旦那に二、三お聞きするだけで、調べは終わります」

巳之助は言って、膝《ひざ》を崩すと胡坐《あぐら》をかいた。

「済みませんが、お茶を一杯頂けませんかね」

「お、これは気がつきませんでした」

新兵衛は手を叩いて女中を呼び、お茶の支度をさせた。

「ところで、おかみさんはどうしていますか」

「風邪が直りませんのでね。まだ寝ています」

「びっくりしたでしょうからなあ。あの死に顔を見たんじゃ」

「また、そんなことをおっしゃる」

新兵衛は鋭い眼で、巳之助を見返した。

「この前も申しましたように、忠吉が殺された夜は、女房は一歩も外に出ておりません」

「しかし俺は、あの晩おかみさんを見ているんだがなあ」

「それで、女房と何か話でもしましたか」

「いやそれが、話しかけようかと思ったときに、がんとやられて、こうだから」

巳之助は頭を、そっと撫《な》でた。

「ひょっとしたら、これをやったのは旦那じゃあるまいかと思ってるんですがね」

「とんでもないことをいう」

新兵衛は苦い顔をした。女中が入ってきて、二人の前にお茶を置いた。女中が立ち去るまで、二人は黙ったが、足音が消えると、新兵衛が言った。

「女房をみたというのは、親分の見間違いです。誰か、ほかの女と間違えたんでしょうよ」

「ま、こういうことは水掛論というやつで、埒《らち》があきませんや。それはそれとして、あんた、俺が一昨日住み込みの筈の忠吉が、なんであんなところに一軒借りているのか、と聞いたとき、一向に存じませんと言いましたな」

「言いましたよ。今度ああいうことがあって、はじめてあんな家を借りていたことがわかって、びっくりしています」

「すると、清住町の裏店《うらだな》は、見たことも聞いたこともないと。そういうわけですか」

「むろんです」

「ところが、それが嘘なんだなあ、新兵衛さん」

巳之助の顔に、突然残忍な表情が現われた。唇をゆがめて、巳之助は言った。

「今日、ひょっと気がついて、実はお奉行所に行って人別帳をめくって来たんです。これはあの裏店の家主は六月に替わっていて、調べたいことがわからなかったからですがね。そうしたら、帳面にあんたの名前があるじゃありませんか」

「そんな馬鹿な！」

「白を切っても無駄です。奉公人忠吉の請け人として、あんた名前を出しているじゃありませんか。忠吉が、あの家を借りたことを、あんた、ちゃんと知っていたんだ。四月の人別調べに、ちゃんとそう載っている」

新兵衛は口を噤《つぐ》んだ。血色のいい顔が、不意に青ざめ、新兵衛は探るように巳之助をみた。

「あの家が、何に使われていたか、あんた知ってるかね。忠吉という男は、時どき女を引っぱりこんだり、悪い仲間を呼び集めて、手慰みをやったりしていたんだな。裏店の連中も、近頃それに気づいて、大家に言わなくちゃと相談中だったそうですよ。忠吉は、あんたを請け人にして、あの家を借りた頃から、急に金回りがよくなったらしいな」

「………」

「これは番頭さんや、女中さんも言っていることです。そして、その前にあんたと忠吉が、この茶の間で大変な言い争いをしたということもね。あんた、そのときは頭に血がのぼって、気がつかなかったと思うが、家中でみんなが聞き耳を立てたそうだよ。そして忠吉が大きな声で、町内にばらしてもいいのかと凄《すご》んだのも聞いた人がいる。なんだったら、ここに呼んでもいいよ」

「………」

「つまり忠吉は、あんたを恫《おど》して、家を借りる請け人にしたり、博奕や女で遊ぶ金をもらったりしていたんだなあ」

「金なんか、やっていませんよ」

新兵衛は抗議したが、声は弱々しく、大きな身体がひと回り小さくなったようにみえた。

「金を渡していたさ。町内にばらしてもいいかと言うのは、おかみさんの昔の素姓のことだからね。根津の方を調べたんだが、忠吉は去年あたりから、よく根津で遊んでいたそうだ。しかも大黒屋でね」

「金を渡したらどうだというんです？」

新兵衛は、突然居直った口調で言った。眼は憎悪をこめて、巳之助を睨んでいる。だが巳之助は平気な顔で、その眼を見返した。

「ところが、忠吉は金だけで満足しなかった。一晩おかみさんを抱かせろ、とそんな話だったのかね、あの神隠しという奴は」

「やめろ！　やめてくれ」

突然新兵衛が、手で顔を覆った。

「あんたも承知で、おかみさんを貸したんだ。あの悪にな。どんな口実であそこへ連れて行ったのかは知らねえが、とにかくおかみさんは一緒に行ってひどい目にあった。ところが一晩の約束が、二晩になってもおかみさんは戻って来ない。あの三日間、忠吉が店を休んでいることは、もう調べてあるよ」

「………」

「それで店の者の手前もあり、あんたは自身番にとどけたわけだが、ちゃんと裏の考えがあったんだよ。ひとつは俺に調べさせれば、おかみさんの素姓はばれるだろうが、そのかわり、昔の民蔵という変な男のことが浮かんでくる。まさか忠吉が疑われるようなことはあるまいと、そう考えた。もうひとつは、岡っ引が動いたと知れば、忠吉もこれからはあんまりあこぎなことは出来なくなる、と考えはそんなところじゃなかったかい」

「………」

「おかみさんの方は心配ない。神隠しに会ったと言わせるように、忠吉とは口裏を合わせてある。そのうえ神隠しだとお前さんが騒ぎ立てれば、いいえ忠吉にかどわかされましたなんて、馬鹿なことを言うはずはない。そして事実そのとおりになった」

「………」

「それで、大体納まるはずだったんだ。ところが、それまで考えもしなかったことが起きてきた。つまり夫婦の仲にひびが入ったのだな。おかみさんは、忠吉とそういうことがあったということで、いままでと同じには出来ない。あんたはあんたで、焼餅の鬼だ。昼は店の中で、夜は夜で、おかみさんが忠吉の家に行くんじゃないかと、気が気ではなかった。それで忠吉が清住町の家に泊まる晩は、外でおかみさんが出かけやしないかと見張っていたんだな」

「………」

「そうでなきゃ、先回りして殺すなんてことは出来ねえや」

「………」

「大筋は、こんなもんじゃないかね。まさかおかみさんが、また出かけるようなことはあるまい、と半信半疑でいたのに出かけた。それでかっとして野郎を殺した、というところかい」

「あいつはダニだった。蛇よりも始末が悪かった」

新兵衛が呻《うめ》くように言った。

「悪党だから殺していいもんでもあるめえよ。こいつは余計なことかも知れねえが、あんたにひとつ聞きたいことがある」

巳之助は新兵衛の顔をのぞき込んだ。ひどく生真面目な顔になっていた。

「俺の女房は根津で淫売をしていた、町内に触れるなら触れろ、と開き直る気持ちはなかったのかね、忠吉によ」

新兵衛は力なく顔をあげた。そして激しく首を振った。

「そうか、そんなに恐いもんか」

巳之助は言って腕を組んだ。巳之助の母親は深川の岡場所にいて、父親の甚平と知り合った。父親はその頃古手物《ふるてもの》の行商をしていた。二人で懸命に働いて、漸く六間堀町に小さな店を持つことが出来た。山甚という太物屋は繁昌した。その大きくなりかけた店を、ひとつの噂《うわさ》が潰《つぶ》してしまった。山甚のおかみは櫓下で客を取っていた女だという噂だった。はじめ上客が寄りつかなくなり、やがて誰も来なくなった。そのときの異様に空っぽな店の光景は、いまも巳之助の頭の中に焼きついている。

一家は店を畳んで浅草の端《はず》れに移ったが、父親にも母親にも、若い頃の元気は残っていなかった。貧乏暮らしの間に、相次いで病気になり死んだ。町内の同業者が、繁昌をねたんでそういう噂を流したのだ、と父親は生きている間、そう言い暮らした。

――新兵衛は、それが恐くて別の方法を取ったが、こういうことになったわけだ。

「さ、番屋へ行こうか。江崎の旦那が来ている筈だ。洗いざらい申しあげれば、お上にもお慈悲があると思うぜ」

巳之助がそう言ったとき、襖《ふすま》が開いて、お品が入ってきた。お品は黙って坐ったが、少しうつろな表情をしていた。

「おかみさんに、ひとつだけ聞きたいんだがね」

と巳之助は、注意深くお品を見つめながら言った。

「こないだ、忠吉の家に行ったのは、どういう気持ちだったのかね」

「…………」

「あんた、あの男に惚《ほ》れていたのか」

「いいえ」

お品は首を振って巳之助をみた。どこか焦点を失ったように、ぼんやりした眼だった。

「あたし下駄を取りに行ったんです。いい下駄なのに、忘れましたから」

巳之助は町を歩いていた。岡っ引になってこの町に帰ってきたとき、仕返ししてやると心に決めた町だった。だが、伊沢屋のように自分で墓穴を掘って消えて行く者もいる。それを見送る気分は、心よいものではなかった。

――やっぱり飲まずにゃいられねえ世の中だな。

弥十を呼んで、どこかで一杯やろうと思った。まだ頭の傷が直りきらないのに、とお増が喚くだろうが、女には男の気持ちはわからない、と思っていた。

(「別冊小説新潮」昭和五十一年春季号)

あとがき

雨が降っている。ゲラ直しの手を休めて窓の外をのぞくと、暗い空と雨に濡れそぼった空地が見える。空地のそばに行けば、枯草を鳴らす雨の音がしているだろう。さむざむとした景色のまま、日がくれる気配である。

私の中で、東京の冬と郷里の冬が重なるのは、こんな日である。ふだんは二つの冬は質が違うという気持ちが強い。東京の冬は、晴れて日が射せば春かと思うほどあたたかいが、郷里の冬にはそういうあいまいさはなく、冬は冬である。

そしてその冬は、いま眼の前にある、枯草が雨に濡れている風景からはじまるのである。雨がみぞれになり、また雨になり、次に霰《あられ》になりといったことを繰り返しているうちに、やがてある日、何者かがきっぱりと決心をつけたように、降るものが雪に変わるのである。

そういう季節に、さまざまの神が訪れたことも思い出す。神々の訪れの最初は田ノ神あげだったろうか。春先からずっと田仕事を見まもってくれた田ノ神に、収穫をささげて感謝すると同時に、雪が降る間しばらくお休みをねがう神事だったのだろう。その日農家では、沢山餅をついた。

丸くおした餅を、十個、十五個と包んで、担任の先生に持って行くのが村の習わしだった。

先生たちは大方町のひとで、町のひとは田ノ神あげで餅をついたりはしないのである。だが先生に物をさしあげるというのは、気はずかしいことだった。

先生に餅をさしあげるという行為が、なぜ気はずかしかったかといえば、それが先生と生徒、または学校と生徒というふだんのつながりとは、異質な世界の行為だったからであろう。私は持って行った餅の包みを、どうしてもさし出せずに、そのまま家に持ち帰って、母に叱られたことがある。

だがじっさいには、村の学校に勤める先生方はちゃんと心得ていて、田ノ神あげの日になると、机の中にノートやエンピツを沢山用意しておき、餅を持って行くとそれをくれた。私たちはきれいなノートやエンピツをもらって胸をはずませるのだが、そのやりとりの間に、先生がふだんの先生ではない、どこかただのひとといった顔をのぞかせたりするのに気づくと、やっぱり気はずかしく、その場に長くいたたまれないような気がするのだった。

田ノ神あげがはじまりで、年末までに大黒さまのお年夜とか、山ノ神のお年夜とか、さまざまな神が訪れて来た。そのたびに違った掛け軸が壁にかけられ、たとえば大黒さまのお年夜など豆腐の田楽に、黒豆と大根の酢のものとか、そのときそのときの馳走も異なり、あかあかと灯明がかがやき、家々から柏手《かしわで》の音が聞こえて来て、といった夜が幾夜かあったあとに、ようやく人間の年越しの夜と正月が訪れるのである。そしてそのころに、それまでためらうようだった冬空が、一夜音もなく雪を降らせ、朝目がさめると外が真白になっている。郷里の冬はそんなふうにして来た。

窓の中から、ぼんやりと東京の冬景色を眺めながら、私はあの古い神々は、いまも村を訪れるのだろうかと考える。ゲラ直しの筆は、遅々としてすすまない。

ここにあつめた小説は、大半が三十枚前後の短いものである。十五枚というのもある。短いから書くのに楽かというと、そういうこともなく、むしろ逆かも知れない。そういう意味では、出来上がりはともかく、案外苦労してまとめた小説があつまったようでもある。

（昭和五十四年一月）

解　説

伊　藤　桂　一

藤沢周平さんが「暗殺の年輪」で直木賞を受賞されたのは、昭和四十八年である。爾来《じらい》、順調な経過をたどって、独自の領域を拡充し、雲井龍雄を描く力作歴史長篇《へん》「檻車《かんしゃ》墨河《ぼくが》を渡る」のほか、珠玉の短篇を続々と発表、文壇に確乎とした位置を占めるに至っている。こうした、藤沢さんの登場とその活躍ぶりは、実は時代小説の世界にとっては、まことに時宜を得た、ありがたい事象、ということができたのである。

吉川英治、山本周五郎といった大家を喪《うしな》ったあと、時代小説の領域には、大きな翳《かげ》りがみえたが、さらに、昭和五十二年に海音寺潮五郎を喪い、その後わずか両三年のうちに柴田錬三郎、山岡荘八、山手樹一郎、五味康祐、新田次郎といった、もっとも魅力的な仕事をしていた人たちを喪っている。ことに大家長老の作家は、精神的な支えにもなっているので、死なれると、実作者たちの落胆は当然として、読者層まで減少してゆくことになる。

こうした時期には、何としても、有力な新鋭作家の登場を俟《ま》つしか、状況の救済される道はないが、幸いにも時代小説の世界は、ともかく藤沢周平さんを得て、正直にいえば、ひと息ついた、という観がある。藤沢さんは山形県出身の作家で、派手な身振りで自身を誇示するようなところの、まったくない人である。地味で、静かで、控え目な人柄の人である。しかし、その作品は力と野心に満ちているし、ことに短篇には、ストーリーテラーとしての妙味が、豊かに用意されている。

直木賞受賞後のあるとき、藤沢さんは私に「私はよく小山本周五郎だといわれますが、そんな評価に甘えてよいのでしょうか」といわれたことがある。藤沢さんの作風が、山本周五郎的といわれるのは、文体の彫りの深さ、ストーリーの面白さ、それに市井《しせい》物の場合などに、清爽《せいそう》な情感を底に漂わせているからであろう。私はこの時藤沢さんに「あなたは小山本どころでなく、そんな評価をこえて、もっと新しくひろびろとした領域を拓《ひら》かれる人だと思います」と期待をこめていった。山本周五郎の文学は、晩年、内省的求道的に、自分を追いつめてゆく方向に奔《はし》ったが、藤沢さんは、山本周五郎を信奉しながらも、山本周五郎とは違って、自身の可能性を、外向的建設的に拡充されてゆくように、私には思えたのである。あれほどきびしく息苦しい求道者は、山本周五郎ひとりでもうよいのであって、私は、藤沢さんの才能が、闊達《かったつ》自在に伸びてもらうことを、何よりも願ったのである。

この短篇集『神隠し』は、直木賞受賞後の藤沢さんの筆が、快調に伸びはじめた時期の所産で、いずれの作も活力に満ちている。

本集の冒頭に置かれている「拐《かどわか》し」は、昭和五十二年度の、日本文藝家協会編の『代表作時代小説』（東京文藝社刊）にも収録されているが、私は、編纂《へんさん》会議の時に、今年度の藤沢さんの作品の中ではこの「拐し」がもっとも面白かった、といって収録してもらったが、まことによくできた作品である。通常、娘が誘拐されれば、いったいどんなむごい目に遭うか、と、読者も心配しながら読み進むのだが、この「拐し」では意外な結末が用意され、しかも、それが洒脱《しゃだつ》に仕上げられてある。時代小説というより、モウパッサンなどの短篇を読んだような、たのしい満足感を覚える。『代表作時代小説』の「拐し」についての「作者のことば」で、藤沢さんは、つぎのように記している。

「実際に取りかかってみると、一篇の小説に仕立てる難しさは、武家ものも市井ものも変りないわけだが、ふだん私はなんとなく市井ものの方が書きやすいような気がしている。武家社会というものは消滅したが、市井の暮らしというものは現在に続いて、しかもいまの世相と重なりあう部分があるだろう、という意識が、幾分筆を軽くするようである。いろいろな人間がいて、いろいろな事件があったに違いない、と想像するだけなら楽しい。この小説もそういう想像の中から生まれたもののひとつである」

と。これは「拐し」の自作解説だが、他の諸篇を読む場合にも、参考になる言葉である。

表題作の「神隠し」は、「拐し」とはまた違った、商家の妻女の失踪《しっそう》事件だが、ストーリーは「拐し」以上に凝っていて、いったい筋がどのように運ぶのか、ということはまったく読者の予断をゆるさない。そうして、思いもかけぬ解決をみせるのは「拐し」同様だが、私はこの小説の面白さは、常磐津《ときわず》の師匠に飼われているような、ぐうたらな十手持ち巳之助《みのすけ》の、一種厭世的な生き方をしながら、そのくせ目明し的に頭も働く、そのふしぎな人物の個性の味にある、と思う。単にストーリーを面白く、といっても、それは畢竟《ひっきょう》、登場人物の性格の面白さによって支えられるものである。この「神隠し」は、一種の捕物小説ということになるのだろうが、読後に、人生についてなにやら考え込まされてしまうのも、巳之助の人間性、その人生哲学の在り方に負うところが多い。

「昔の仲間」は、これもよく出来た話で「神隠し」の巳之助とはまた違った、いかにもわけ知りげな岡っ引の幸太が、昔盗人をした経験のある宇兵衛を追いつめてゆく。その宇兵衛の追いつめられ方に、小説手法の上での微妙な呼吸があって、短い作品だが、たんのうさせられる。この作品では、宇兵衛が死期をさとり、後顧の憂いをなくそうとして動きまわる、その、作品全体の三分の二を進んだところで、岡っ引の幸太がひょっこりと出てくる。そうして、軽快に坂を下るようにして事件が解決してゆくのだが、小説というのは、いかに読者を快く酔わせるかにあるのだから、私など曲りなりに実作をしている者の眼でみても、手馴れたものだなあ、と感嘆するのである。

「疫病神」は、厄介な父親に悩まされる話で、この集の中では、もっともよく人情の機微を彫り上げた作品といえるかもしれない。釜場《かまば》で背をくぐめて死んだようになっている父親の鹿十が、次第に疫病神らしい生き方をして家族をおびやかす。その無気味な言動の増幅されてゆくさまが、眼にみえるようである。この作品が迫力をもつのは、人はみなそれぞれの人生のどこかで、疫病神的な人間につきまとわれはしなかったか——という問いを、作品の蔭《かげ》から作者に問いかけられているような気がするからであろう。一見、小説を面白く読ませてくれているようでいて、その実、案外に皮肉な眼で、作者は私たちをみているのかもしれない。むろん、それだから小説は面白いのだし、作者が「拐し」についての感想の中で「いまの世相と重なりあう部分があるだろう」といっている言葉にも、うなずけるのである。「告白」は、女の気持の機微が、よくとらえてあるし「三年目」は、この集の中ではもっとも短い作品だが、メルヘン風な時代小説、といった感じがする。短い作品ではあるけれども、こうした作品にさえ、藤沢さんの、山本周五郎的ロマンの直系、といった気配はうかがえる。(あのひとは来ないかもしれない)とおはるは思いながらも「それならそれで悔いはないという気が、ちらとした。待ったのは約束に対する義理立てでは決してなかった。待つことは楽しかったのである。先の方にしあわせな夢のようなものが、ぼんやり光ってみえる」といった記述は、周五郎風な感触であり、またそれに周平風な味も加えられている。終りの部分で幸吉に、おはるを船で送らせるところも、味わいに富む。

「鬼」は、醜女を扱った珍しい作品。サチは逃亡者をかくまっているが、父親は「道理で近頃屋敷うちに野糞が多いと思った」というが、こうしたこまかいところに筆が及んでいるので、藤沢作品には、リアリティが出てくるのである。

「桃の木の下で」は、もっとも手の込んだ作品で、読者の予想を一つずつ覆えしながら話が進み、すっきりとまとまる。末尾の「桃の花が匂っている」という短い押えも心憎い。表題からみても、この集ではいちばんロマンチックな作品といえる。亥八郎が怪我をした志穂をいたわる場面の描写の、あざやかなうまさを、もう一度読み直してほしいものである。長篇の骨格をもつ内容を、短篇に仕上げた作品、といえるかもしれない。

「小鶴」は、涙ぐましい内容だが、それを、軽妙に仕上げてあり「暗い渦」は、これも、女の気持のよくにじみ出た作品といえよう。

「夜の雷雨」は、老婆のおつねが主人公で、暗い迫力に満ちた作品。待っている孫の清太がいつまでも現われないが、現われた時にはきわめて痛ましい悲劇がそこに用意されている。おつねは意地の悪い老人なのだが、病気のきくを預かったりするやさしい心情もある。そうした老人の像を、実に入念に描き上げてある。小説の中の人物としては、あまり魅力のないこうした人物をも、丹念な筆致で描いてゆくところに、時代小説を広い意味でだいじにしている藤沢さんの志、または気骨といったものを私は感じるのである。この集の諸篇を通じ、安直な情事を描いた場面など一個所もない。

有能な作家の多くを喪い、なかなか痛手の癒《い》えない時代小説の世界で、いま、旗手として先頭に立っている観のある、藤沢さんの健闘を祈りたいものである。


（昭和五十八年八月、作家）

この作品は昭和五十四年一月青樹社より刊行された。

文字づかいについて

新潮文庫の文字表記については、なるべく原文を尊重するという見地に立ち、次のように方針を定めた。

一、口語文の作品は、旧仮名づかいで書かれているものは現代仮名づかいに改める。
二、文語文の作品は旧仮名づかいのままとする。
三、一般には常用漢字表以外の漢字も音訓も使用する。
四、難読と思われる漢字には振仮名をつける。
五、送り仮名はなるべく原文を重んじて、みだりに送らない。
六、極端な宛て字と思われるもの及び代名詞、副詞、接続詞等のうち、仮名にしても原文を損うおそれが少ないと思われるものを仮名に改める。

藤沢周平著

用心棒日月抄

故あって人を斬り脱藩、刺客に追われながらの用心棒稼業。が、巷間を騒がす赤穂浪人の動きが又八郎の請負う仕事にも深い影を……。

藤沢周平著

竹光始末

糊口をしのぐために刀を売り、竹光を腰に仕官の条件である上意討へと向う豪気な男。表題作の他、武士の宿命を描いた傑作小説5編。

藤沢周平著

時雨のあと

兄の立ち直りを心の支えに苦界に身を沈める妹みゆき。表題作の他、江戸の市井に咲く小哀話を、織麗に人情味豊かに描く傑作短編集。

藤沢周平著

冤罪

勘定方相良彦兵衛は、藩金横領の罪で詰め腹を切らされ、その日から娘の明乃も失踪した……。表題作はじめ、士道小説9編を収録。

藤沢周平著

橋ものがたり

様々な人間が日毎行き交う江戸の橋を舞台に演じられる、出会いと別れ。男女の喜怒哀楽の表情を瑞々しい筆致に描く傑作時代小説。

藤沢周平著

消えた女
—彫師伊之助捕物覚え—

親分の娘おようの行方をさぐる元岡っ引の前で次々と起る怪事件。その裏には材木商と役人の黒いつながりが……。シリーズ第一作。

藤沢周平著　春秋山伏記

羽黒山からやって来た若き山伏と村人とのユーモラスでエロティックな交流――荘内地方に伝わる風習を小説化した異色の時代長編。

藤沢周平著　時雨みち

捨てた女を妓楼に訪ねる男の肩に、時雨が降りかかる……。表題作ほか、人生のやるせなさを端正な文体で綴った傑作時代小説集。

藤沢周平著　孤剣　用心棒日月抄

お家の大事と密命を帯び、再び藩を出奔――用心棒稼業で身を養い、江戸の町を駆ける青江又八郎を次々襲う怪事件。シリーズ第二弾。

藤沢周平著　驟《はし》り雨

激しい雨の中、八幡さまの軒下に潜む盗っ人の前で繰り広げられる人間模様――。表題作ほか、江戸に生きる人々の哀歓を描く短編集。

藤沢周平著　密謀（全二冊）

天下分け目の関ケ原決戦に、三成と密約がありながら上杉勢が参戦しなかったのはなぜか？　歴史の謎を解明する話題の戦国ドラマ。

藤沢周平著　闇の穴

ゆらめく女の心を円熟の筆に描いた表題作。ほかに「木綿触れ」「閉ざされた口」「夜が軋む」等、時代小説短編の絶品7編を収録。

神《かみ》隠《かく》し

新潮文庫　ふ-11-6

昭和五十八年九月二十五日　発行
平成九年六月二十日　二十八刷

著者　藤《ふじ》沢《さわ》周《しゅう》平《へい》
発行者　佐藤隆信
発行所　株式会社新潮社
郵便番号　一六二
東京都新宿区矢来町七一
電話　編集部(〇三)三二六六―五四四〇
読者係(〇三)三二六六―五一一一
振替　〇〇一四〇―五―八〇八

価格はカバーに表示してあります。

乱丁・落丁本は、ご面倒ですが小社読者係宛ご送付ください。送料小社負担にてお取替えいたします。

印刷・大日本印刷株式会社　製本・加藤製本株式会社

ISBN4-10-124706-4 C0193